输了你，赢了世界又如何？

何红雨 —— 著

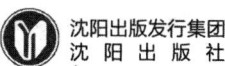
沈阳出版发行集团
沈阳出版社

图书在版编目(CIP)数据

输了你,赢了世界又如何?/何红雨著.—沈阳:沈阳出版社,2017.11
ISBN 978-7-5441-7769-6

Ⅰ.①输… Ⅱ.①何… Ⅲ.①言情小说—中国—当代 Ⅳ.①I247.5

中国版本图书馆CIP数据核字(2017)第264695号

出版发行:沈阳出版发行集团 | 沈阳出版社
(地址:沈阳市沈河区南翰林路10号 邮编:110011)
网　　址:http://www.sycbs.com
印　　刷:北京嘉业印刷厂
幅面尺寸:145mm×210mm
印　　张:8
字　　数:175千字
出版时间:2018年1月第1版
印刷时间:2018年1月第1次印刷
选题策划:侯　箭
特约编辑:郭海东　张　颖
责任编辑:王冬梅
封面设计:异一设计
版式设计:新视点
责任校对:张　楠
责任监印:杨　旭
书　　号:ISBN 978-7-5441-7769-6
定　　价:39.80元

联系电话:024-24112447
E-mail:sy24112447@163.com

本书若有印装质量问题,影响阅读,请与出版社联系调换。

自序　明媚的忧伤

走过一段或者几段爱情之后，总会有这样的感觉，仿佛在心里，对爱情的感受，有明媚，也有忧伤。

是的。

在某些时候，爱情就是明媚的忧伤。

和谐相处，你侬我侬的时候，爱情总是明媚的。然而，若是有了短暂的分离，或是起了小摩擦的时候，爱情又是忧伤的。我们会有烦恼和苦闷产生，不知道爱情该如何继续？甚至，还会陷入深思和迷茫，这段爱情，究竟还要不要继续？割断，仿佛又总是不舍。然而，并不想要那些分离和摩擦啊。

两个人的世界，应该总是阳光灿烂，一派春光明媚的样子才对的啊！或者，像夏天的样子，有着浓郁的浪漫风情，激情且饱满。

然而，虽然幻想这样，但是爱情，并不听从我们的幻想。它不会因为我们的意志而有所转移。它终究，还是会有着它的个性、它的脾气……不肯那么轻易地妥协顺从于我们。

于是，有些时候，我们会忧伤。而有些时候，我们会明媚。我们带着明媚的忧伤，行走在爱情中。我们渴盼着美好、甜蜜、幸福可以天长地久。

我们在心中规划或者设计着我们的爱情。我们要求所爱的那个人，是这样或者那样的。最好他就是我们一直想要的那个样子，完美且温情，浪漫且体贴。

但是，我们是不是忘记了，如此这样的设计或者规划是现实的。因为，每个人都有各自成长的家庭和生活环境，也总有着自己的个性和脾气，又怎么能够轻易地改变？即使他很爱你！在以后的漫长时间里，我们渐渐就会明白这个道理。其实，我们真的没有必要在爱情中设计或者规划的。那个人，他最好以他最真实的样子出现，带着他所特有的气质和特性，这样才最令人心动。

爱情不用刻意去改造。爱情需要它原本真实的模样。如果，两个人都在为了适应彼此而去做许多改变的话？或许，有一天你们都会厌烦这种改变后的伪装。在那个时候，也许，你们会各自疲惫地想要彻底地分开。

在爱情中，有明媚，也有忧伤，这是最正常不过的。所以，请不要只接纳爱情中的明媚，而拒绝忧伤。因为明媚，你才能够更好地体会忧伤的滋味。也因为忧伤，你才能够更加珍惜明媚。明媚或者忧伤，请你都欢喜从容地接纳。在爱情中欢笑，也在爱情中哭泣。让自己丰富并强大，更让自己在爱情中重生。褪去软弱的外衣，以更加美好的自己，来面对爱情。就像冬天的时候，欢喜地迎接一场莹莹冰雪，也从容地面对凛冽的寒风。

　　在爱情中，我们终会有一颗强大且坚韧的心。我们欢喜、我们忧伤、我们幸福、我们怅惘……用心地体会爱情中的所有明媚和忧伤，这是一种难得的经历，也是种曼妙的享受。唯有懂得的人才能明了。

目 录

第一辑 / 遇见你，
是最美丽的意外

每个人的一生中，都会遇见一个人，会与之相识，相知，相恋，相守。这个人教会我们如何去爱，是一生最美的意外。

三月的爱情 / 002

学会爱一个人 / 008

十月的衣裳 / 014

你就是一道风景 / 021

遇见你，是最美丽的意外 / 027

敬往事一杯酒 / 032

为爱痴狂 / 036

情殇 / 041

挥别错的，才能和对的人相逢 / 047

拔掉身上扎人的刺 / 053

爱情不是游戏，打怪不能升级 / 060

第二辑 / 我曾用心爱过你

我曾用心爱过你,也许,后来我们会分手,爱情会幻灭。但是,我从来没有后悔爱过你。

爱情诚可贵,生命价更高 / 066
一个人取暖 / 070
我曾用心爱过你 / 074
爱情需要秘密 / 079
谢谢你曾爱过我 / 084
烟花易冷 / 087
应付爱情 / 091
爱,就要大声说出来 / 095
破镜难重圆 / 100
爱真的需要勇气 / 106
记录爱情 / 112

第三辑 / 我想成为你的骄傲

爱情的魔力或许就在于它能够让人颓废也能够让人奋进。好的爱情能够让彼此共同进步，共同成长，从而成为更优秀的自己！

甘愿为你，低到尘埃里 / 118

沉迷 / 122

放不下 / 127

纠缠 / 130

难忘的时光 / 134

一切都是因为爱 / 138

我想成为你的骄傲 / 143

爱情这件小事 / 148

雨夜的惦念 / 153

九月，离别 / 157

一个陌生女人的来信 / 164

爱你的人，不会让你流泪 / 173

第四辑 输了你，
赢了世界又如何？

原来爱情真的像一场赌博。输了你，我就输了全部，这一次，我是真的全盘皆输。感谢亲爱的你，让我变得成熟。

珍珠项链的四季歌 / 178
最浪漫的事 / 182
真爱不容背叛 / 185
感谢你的冷漠 / 190
有些爱，远远地欣赏就好 / 197
扎羊角辫的小姑娘 / 201
爱是泡沫 / 206
爱走了，心碎了 / 212
最好的投资 / 220
错爱 / 224
输了你，赢了世界又如何？ / 230
散了场的爱情 / 237

后记 / 242

第一辑　遇见你，是最美丽的意外

每个人的一生中，都会遇见一个人，
会与之相识，相知，相恋，相守。
这个人教会我们如何去爱，
是一生最美的意外。

三月的爱情

欢欢爱上虎子的时候,恰好是三月。
三月是个令人欢喜的月份。

春山暖日和风,阑干楼阁帘栊,
杨柳秋千院中。
啼莺舞燕,小桥流水飞红。

瞧瞧,连古诗词中都有如此曼妙的描写,关于三月,欢欢爱上虎子的三月。欢欢那时就是这样想的。

她一个人走在暮春的暖阳下,就这样想着,心里面就开始轻漾起阵阵甜蜜幸福的涟漪。

于是,她又想,其实,我是个幸福的女子啊。

也许,许多爱情的开始,都是甜蜜幸福的。但是到了最后,却会留下伤痛的疤痕,即便年华逝去,那些疤痕也难以抹平。几年后的春天,仍旧是阳春三月,当欢欢一个人坐在街心花园的木椅上时,她在心里这样想。

而彼时，距离虎子离开她离开这个世界，已经三年。

三年前，虎子在驾车带着父母去旅行的高速路上，不幸遭遇车祸，从此，离开了人世。

而那时，欢欢也已经爱上虎子好几年了。

欢欢与虎子的爱情，算是一种彻头彻尾的暗恋吧。

因为，从一开始这就是欢欢一个人的爱情。她在心里暗恋虎子，但却一直都没有勇气告白。所以，虎子直到离开这个世界，都不知道原来这个世界上，还有一个温柔秀美的女子，那么喜欢他那么爱他。

欢欢和虎子并不在一家公司。她们的相识源于一次行业会议。当时，欢欢是参会者，而虎子则代表公司在会议上做了一场报告。虎子的报告很是精彩，得到了大家的热烈掌声。然而，对欢欢来说，她眼里更多的是虎子的气质和长相。虎子身材高大魁梧，声音也分外洪亮，更令欢欢心动的是，虎子的眼睛懵懂又清澈。看样子，他是个非常单纯的男人吧……欢欢忍不住在心里不断地想。

虎子自然不会知道欢欢对自己的喜欢。

他依旧每天按部就班地过着自己波澜不惊的日子。

略有不同的是，三月末的一天，他收到了一份礼物。打开来看，是一支英雄钢笔，里面还有一封简短的信。信里说，你很棒，我喜欢你，但是，请你不要问我是谁。

这封非常简短的信,并没有署名。

而当时虎子的工作非常忙,也就渐渐,渐渐地淡忘了这件事情。

于是,这场一开始就属于欢欢一个人的爱情,到后来,也仍旧只是欢欢一个人的爱情。

欢欢有时会悄悄地去虎子的写字楼下。她并不做什么,只是一直等待着虎子从办公楼里走出来,然后,再保持着约百米的距离,跟随在虎子的身后。直到虎子进了他家的小院,彻底消失在自己眼前。

也有些时候,虎子会出差一段时间。欢欢也仍旧会在虎子的写字楼下等待虎子。等不到的时候,她想,也许虎子出差了。那么,我就沿着虎子每天走过的这条路,步行到他家……于是,欢欢总会一个人安静地走过那条虎子回家的路。

那条路,安静且美丽。特别是在每年的春天,花朵都盛放了。一簇簇、一朵朵,色彩鲜艳,十分美丽。整条路,仿佛都是芳香袅绕的。欢欢就这样一个人慢步走着的时候,整个人都幸福快乐了起来。

她的心里依旧想着虎子。

她想,再过五年,如果我还不能忘记虎子的话,而那时候,虎子也依然还是一个人,那么,我一定要去向他表白……

欢欢想到这里的时候,感觉到了脸颊的绯红。

她想,此刻,我的脸颊大约是和那早春的桃花一样绚烂美丽了吧。

欢欢也常常会在心里期盼着时间能够过得快点再快点。

欢欢之所以非要等到五年之后才向虎子表白,还有一个重要的原因就是——她还不够自信。

欢欢想,给我五年的时间,我一定要让自己优秀美丽起来!

于是,从喜欢虎子的那个阳春三月开始,欢欢就给自己报了瑜伽班。除了瑜伽班,她还给自己报了印巴热舞班。这还不够,每个周末,欢欢还会定时去美容院。欢欢想,除了这些,也还是不够呀。自己要能够配得上虎子才行啊。

于是,欢欢又为自己网购了许多书籍。每天,她都要抽出一两个小时,安静地认真地读书。

这样坚持了大约两年,欢欢发觉自己果真比以前漂亮了。至少,肤色白亮了,走路轻盈了,身姿挺拔了,甚至,连气质,也比以前好出了许多。

虽然自己比以前漂亮了,但是欢欢仍旧不满意。她想,再给我三年时间,我一定会配得上虎子的!

于是,她继续坚持着,坚持着自己的那些好习惯。她心中坚信,我一定会更加漂亮的,也一定会配得上虎子的!

三年后,让欢欢怎么也没有想到的是,虎子竟然离开了这个世界。

欢欢大约等了半年都没有在虎子的写字楼下等到过虎子。

终于，她按捺不住自己了。

抛下那些不自信，以及会遭遇被人笑话的可能，欢欢终于找到了虎子的同事。

然而，当欢欢问起虎子的时候，他们却都哽咽了。

"虎子是个好孩子，老天不该这样对待他啊！……"

"虎子驾车带着父母出去旅行，不幸在高速公路上遭遇了车祸……"

欢欢听到这些的时候，几乎晕厥过去。

她勉强支撑着自己的身体，也控制着自己的情绪，悲伤地离开了虎子曾经工作过的那幢写字楼。

在得知虎子离开这个世界之后，欢欢给虎子写了最后的一封信。

这封信，很长。

其中有段话，欢欢是这样写的：虎子，我不知道你是否还记得那年的三月。那天，你在做十分精彩的报告，而我，就是在那一刻，爱上你的！虎子，你可知道，我是个多么自卑的女孩啊，我喜欢你，却没有勇气向你表白。我唯有不断地努力和提升自己才能配得上你。我想，五年的时间，一定会提升我的气质和容貌。于是，我去练习瑜伽，去跳印巴热舞，去做护理，也每天都读书。虎子，在爱情中，我是不是有点过于怯懦了？但是我多么害怕因为我的不够优秀，而让你转身离去……所以，请你原谅我的怯懦。我想，这场爱情,自始至终都只是我一个的爱情吧……

三月的风儿吹过来,吹乱了欢欢的长发。

两行清泪滚落而下,如断了线的珠子般,湿了欢欢的粉色毛衫。

欢欢没有去擦眼泪,她只是抬头看着不远处的树。那些花儿,开得锦簇而热闹,它们是否知道,此刻欢欢内心的悲伤?

几只鸟雀飞了过来,在树丫上栖落。叽叽喳喳地鸣唱。

早春三月的阳光正好,明媚温暖的阳光照耀着也试图温暖着美丽的欢欢。

原来,一段发生在明媚三月的爱情,也是十分忧伤的。

黄昏之后,四周安静了下来,而欢欢,依旧沉浸在伤悲之中。

学会爱一个人

在一个秋风习习的午夜,雷成病了。

起初,只是胃部不适的疼痛。雷成独自忍受着。

雷成是一家公司的副总,也许因为工作太过繁忙,他的饮食渐渐地没有了规律。

雷成最初当然没有把自己饮食的不规律放在心上,他想,自己刚刚三十出头,正是大干事业的时候,身体又未出现过异常……然而,直到那个午夜,在他开车回家的时候,胃部突然出现难以忍受的疼痛,才终于使他意识到,自己毫无规律的饮食习惯,以及对健康的忽视,是多么的可怕。

雷成将车子停靠在路边。

他首先给妻子小雅发了条信息。信息里,他说,亲爱的,看样子今晚我得在办公室睡了,明天一早有重要的会议,我的会议资料还需要补充一下……乖,明天开完会,给你打电话。

小雅大概是睡着了,雷成那夜并没有收到小雅的回复。

而这样的结果,正是雷成希望的。

雷成了解小雅。她是个被娇宠惯了的女人。从小被父母娇宠,嫁给自己后，又被自己宠爱呵护。雷成有时候会觉得，小雅像极了一只可爱娇媚的猫，总是需要他的呵护和宠爱……

雷成是凌晨2点把车开到省医院的。

停好车子，他在车里坐了片刻，也让自己略微休息后，才下车，慢慢走进了急诊室。

在他走进急诊室的时候，他的右手依然还按着胃部。

急诊室里一位大约四十来岁的男医生在值班，他问雷成："你怎么了？"

雷成坐在急诊室的椅子上，指着自己的胃部说："胃疼，今天晚上尤其疼。"

"听你这样说，你的胃疼是经常的了？"男医生一边问，一边在雷成的病历上写着什么。

雷成那夜，是在医院度过的。

急诊室的那位男医生在给雷成做了检查之后，开了些药，又让护士给雷成挂上了吊瓶，然后说："明天一早你需要做些相关的检查，你的胃病已经相当严重了！"

急诊室男医生的话，让雷成着实一惊。

不过后来，雷成心想，自己这些年不爱惜身体，吃饭没有规律，不得胃病才怪呢！

这样想着的时候，他的心情略微平静了下来。

然而，过了一会儿，他又开始胡思乱想，这次他把病情想得十分可怕，他想到自己也许是得了胃癌。

想到这里，雷成不禁打起了寒战。

这时，他又在心里担忧着，担忧着该怎样和父母告别，以及和妻子小雅告别……

雷成想，若是明天早晨小雅打来电话，自己一定要镇定自若才行。总之，绝对不能让小雅知道自己的病情，她那么娇弱，是一朵温室里的花，她如果知道了我的病情，又怎么承受得了？

小雅的电话是在早晨 7 点 45 分打来的。

雷成接了小雅的电话，只简短地说了句，亲爱的，就要开会了，我先挂了，你记得一会儿要吃早餐，开完会我打给你！

雷成匆忙挂断小雅电话的时候，自己也感到了不妥。因为，以往他们之间的电话不会这样的匆忙，刚才小雅只说了一句话，还未开口说第二句，自己就急急忙忙地挂断了电话。

一个小时后，小雅又打来了电话，这次，还没等雷成说什么，小雅就哭了，她说："成，你在哪里？你根本就没在公司，我现在就在你的办公室……"

雷成听了小雅这句话，知道不能再对小雅隐瞒了，便说："我在省医院呢，胃不舒服。"

小雅一个小时后赶到了省医院,雷成正在等待做胃镜。

小雅见到雷成后,还没开口说话,就先哭了。

雷成这时也忘记了自己的胃痛,他只顾着安慰小雅了。直到过了一会儿,听到护士在喊自己的名字。

雷成在进胃镜检查室时,拥抱了妻子小雅。

雷成做胃镜的时间并不长,十几分钟,然而,在这十几分钟里,小雅却哭成了泪人。

做完胃镜检查的雷成,人仍旧是眩晕的。麻药还没散尽,依旧不能下床。医护人员叮嘱小雅要照顾好雷成。而实际情形确是,病床上的雷成紧紧地拉着小雅的手,不停地说:"乖啊,我没事的……"

医生在雷成胃镜报告出来后,给出的结论是——胃溃疡。

雷成终于舒了一口气。

他笑着对小雅说:"亲爱的,我真的没事啊,以后,我依然可以好好照顾你!"

小雅听到雷成这样说,越发哭得厉害了。

此后的两天,雷成像个听话的小孩。他没有去公司,只是乖乖地在家中休息,躺在宽大柔软的床上听音乐,或者靠在绵软的沙发上看电视。而小雅,则像换了个人似的,她陪伴在雷成的身旁,为他倒水喂药,为他亲自下厨,忙碌在厨房中……身穿粉色碎花围裙的她，真是个美丽的厨娘呀！

雷成看着身穿粉色碎花围裙的小雅，忍不住笑了起来。

"好看，真好看！"雷成一边笑，一边赞美小雅。

小雅后来在镜子前端详起自己，也忍不住笑了起来。

"不过，我觉得我穿上粉色碎花的围裙，还真是好看哩！以后我要常常穿着它给你做好吃的！"

小雅笑着对雷成说出这句话的时候，竟然落下了眼泪。

此后的小雅，总是会在雷成回家前十几分钟，准备好饭菜。她更是不断地学习烹饪技术，除了买回来十几本菜谱之外，她还常常上网查找一些美食的烹饪方法，才外，小雅还关注了好几个极棒的关于美食的微信公众号。

每天在厨房中为雷成做饭的时候，小雅觉得自己格外的幸福。

她常想，认识雷成之后的自己，什么时候为雷成做过饭？一直以来，都是雷成在照顾、呵护着自己。然而，即便是这样，自己有时却还会抱怨雷成不够体贴和优秀……如今，小雅终于知道自己有多么幸福。

周末，秋日午后的阳光暖暖地照在卧室柔软大床上的时候，雷成拥着小雅睡着了。

雷成打起了轻微的鼾声。

而小雅并没有睡着。

从此以后,我要改变自己,要学会好好去爱他,做个更好也更称职的妻子……小雅一边用手轻抚雷成熟睡的面庞,一边在心里想。

十月的衣裳

阿夏在九月的时候,更加想念远去的阿恒了。

阿恒是在去年九月的一天,秋风瑟瑟,阿恒离开阿夏去了遥远的南方。

阿恒走前留下了一句话。

阿夏乖啊,在家中等着我哦,等我赚够了十万,就回来娶你……到那时,阿伯一定会同意我们的婚事。

阿夏自然是相信阿恒的。

在她眼里,阿恒就是天底下最淳朴最善良的男子,她喜欢他,而他,也是喜欢并深爱着她的。

阿恒那句话中所提及的阿伯是指阿夏的父亲。

阿夏五岁时母亲患病离开了她和父亲。从此,阿夏由父亲一手拉扯长大,甚至,他为了阿夏能够快乐健康地成长,拒绝了所有女人。

阿夏那时还小,但也会在心里期盼着父亲再娶一个女人。虽然她不止一次地听说过,这世上关于继母的"恶行",但是比起这些"恐吓",她更期望自己能够再次拥有一个母亲,哪怕是有着"恶行"继母,也是好的。

有一年夏末,阿夏记得自己午睡醒来的时候,看到一个女人脚步轻盈地进了堂屋。此时,父亲正坐在堂屋编着竹笼。阿夏揉着惺忪的睡眼,听到了父亲与那个女人的对话。

父亲说,你咋来了?

女人说,还不是想你了,过来看看。

之后,有一段时间的沉默。但不久之后似乎又有了点什么声音,仿佛是他们拥抱的声音,还有,他们亲吻的声音。

因为激动,所以声音极大。

阿夏那年已是十五六岁情窦初开的年纪,所以,在听到父亲与那个女人所发出的那些声音时,不免会耳热心跳,双颊红得像是粉艳艳的桃花。

阿夏以为父亲会娶那个女人进门,然而,父亲一直没有娶她。那之后的某天,阿夏对父亲说,不如娶个女人回家吧,一是能够互相照应,二是自己也想有个后妈。

然而,父亲只是神情严肃地说,算了,这辈子爹爹不想再娶任何女人了,除了你妈……也是从那以后,阿夏就再也没有听到或是见到过父亲和别的女人有所纠缠。

日子就这样一天天地过着,直到一个人的出现。

阿夏在十八岁那年的夏季,邂逅了阿恒。

在那个夏季的一天，阿夏骑着单车去几公里之外的姨妈家，却没想到，竟然会在姨妈家邂逅年轻帅气的阿恒。

原来阿恒家同姨妈家是近邻。那天姨妈家的煤气用完了，而姨夫恰好不在家，姨妈身体不大舒服，要将两个煤气罐送到几千米之外的小镇煤气点，显然有些力不从心。于是，姨妈想到找人来帮忙，当姨妈敲开阿恒家的门时，阿恒自告奋勇地说，好嘞，我来帮您！

阿夏走进姨妈家的时候，恰巧看到扛着煤气罐的阿恒。

那时，阿恒只穿着一件素白的背心，露出了胳膊上十分强健的肌肉，他的面庞英气逼人。

你好。

阿夏向阿恒打了个十分简单的招呼。

哦，你好。

阿恒匆忙中看了一眼阿夏，然后也对她打了个十分简单的招呼。

也许，生命中的有些邂逅就是这样的。然后爱情就在不经意间发生了。

你和他，或许在某个时刻一个简单的眼神交汇，却会促成你们一生永久的爱恋。

爱上一个人，也许只需几秒……阿夏爱上阿恒，或者说，阿恒爱上阿夏，似乎就是这样的。

阿恒送完煤气罐再回到阿夏姨妈家的时候，阿夏已经把他当作心上人了。阿夏想，自己心中一直期盼的白马王子，就这样出现了。他就是阿恒啊！

之后的那个秋天，阿恒便开始了他与阿夏的约会。

多数时候，阿恒会骑着单车，载着阿夏去距离小镇不远的河边。

河水清澈见底，偶尔可以看到轻盈游弋的鱼儿。玩到高兴的时候，阿恒甚至会牵着阿夏的手一起下到河中，于是，再清澈的河水中，便有了他们年轻美丽的倩影和爽朗愉快的欢笑声。

其他时候，阿恒会牵着阿夏的手一起漫步，就在小河边的树林里。

那是一片寂静的小树林。

一些白桦树笔直地生长。在秋天，落下一地的黄叶，踩上去的时候，发出窸窸窣窣的清脆声。

秋天午后的阳光总是温暖和煦的。这样美好的阳光似乎很适合恋爱，很适合缠绵。

阿夏忽然抬头的时候，会看到高大笔直的白桦枝丫印在蔚蓝净澈的天空中。简直像极了一幅水彩画，明亮且净澈。

有次，阿恒情不自禁地牵着阿夏的手走进了小树林。

小树林里的静寂和温暖，似乎带了浪漫和暧昧的色彩。于是，阿恒和阿夏都停下了脚步。

不自觉地，他们开始拥抱和亲吻。

那样的拥抱和亲吻，对他们而言，都是第一次，第一次啊！

阿夏那时满心欢喜。然而，在回家之后，心里却多了份担忧。

夜里，阿夏失眠。她想到了自己和阿恒的爱情是应该告诉父亲的。如果两个人彼此相爱，那么，总要在不久之后，一起生活的吧。

阿恒后来再约阿夏的时候，阿夏便拒绝了。

是的，她拒绝得十分干脆。

后来在阿恒一次次地追问下，阿夏才坦诚地告诉他，因为担心父亲不同意他们在一起……

作为男人，必定是要勇敢一些的，不妨找机会对阿夏的父亲说明自己对阿夏的喜欢和爱。阿恒想。

阿夏告诉阿恒，十月是坦白的最好时机。因为，十月六日那天，是父亲的生日。父亲在生日那天，总是高兴的……阿恒不妨就在那天出现，并亲口告诉自己的父亲——阿伯，我很喜欢您的女儿阿夏，我想娶她！

很快，十月六日并在阿夏和阿恒的焦急等待中如期到来。

这天，阿恒穿上了一身崭新的衣服，骑着单车，带着一份厚礼来到了阿夏家。

阿夏正和父亲坐在小庭院中吃生日饭。那是阿夏亲手为父亲擀的长寿面。细细长长的面十分温顺地躺在碗中,清汤中飘着细碎的葱花和香菜,几滴香油漂浮着,外加一个荷包蛋十分乖巧地卧在碗中……

阿伯生日快乐!

阿恒首先对阿夏的父亲道了生日快乐。紧接着,他介绍了自己。

阿夏的父亲看到眼前这个年轻帅气的男孩子,心中已经猜到了几分。

他礼貌地对阿恒说着谢谢,并请他坐下来一起吃饭。

这是一顿十分欢快的生日餐。阿恒自然也顺利地告诉了阿夏的父亲,他对阿夏的喜欢,以及他想要娶阿夏为妻。

阿夏的父亲其实并没有给阿恒任何难堪。

只是在阿恒起身告辞的时候,说了句——既然你喜欢我女儿,那么,等你赚够十万的时候,再来娶我女儿吧!

于是,就在那个清秋,阿恒离开了故乡,去了遥远的南方。

阿恒离开故乡的时候,阿夏抱着阿恒不肯放手。阿恒发觉自己的眼泪快要落下来了。

阿恒说,阿夏乖啊,在家中等着我哦,等我赚够了十万,就回来娶你……

当火车开走的时候,阿夏在站台上奔跑,她是在追赶那列南下的火车,是在追赶阿恒。

阿夏的心里，那样不舍。

阿恒看到一直奔跑的阿夏，泪如雨下。

又一年的十月，深秋，阿夏站在故乡的路边，她在翘首期盼，盼着远方的阿恒归来。

一阵微凉的秋风吹起，地面上的枯黄叶儿竟然打起了旋儿，又在一阵秋风中飘走。

天气冷了，远方的阿恒啊，我要为你做衣裳。

我要在秋风里为你做衣裳，可是你去得太久我已记不清你的模样。为你裁剪秋风做衣裳，却不知道你近来的模样……

阿夏走在回家的路上，心情落寞地唱着这首自己写的歌——《十月的衣裳》。

不知，远方的阿恒，能否听见？更不知，远方的阿恒，何时才能回来迎娶痴情的阿夏？

你就是一道风景

阿莲是个在农村长大的女孩儿,直到读大学那年,她才有点胆怯地走进了城市。

乡村成长的那些岁月,赐予了阿莲淳朴的性情,但也让她有一些自卑。

阿莲虽然在乡村长大,但皮肤并不黑,看起来很白净。但令阿莲自卑的是自己鼻翼上长着的那十几个小小的雀斑。

阿莲每每照镜子的时候,总会分外"憎恶"自己鼻翼上长着的那些小雀斑。在那时候,她非常羡慕同一寝室的莹子。莹子是江南的女孩儿,肤色白净、长相清秀,温婉可人,就连说话的声音也十分的婉转动听。

这十几个小小的雀斑,在阿莲喜欢上帅帅之后,就更加的令阿莲生厌了。

帅帅是学生会里的学长,高阿莲一级。阿莲第一次见到帅帅的时候,就喜欢上他了。

阿莲记得那是在一个秋天的黄昏,她去学生会交一份表格的时候,恰好会长不在教室,只有帅帅一人正站在黑板前画着一幅画。

那是一幅十分好看的粉笔画。高楼、立交桥、绿树、色彩鲜艳的花儿，还有晚霞和落日，在帅帅的笔下，城市是繁华忙碌又温暖美丽的。

在那一刻，就在阿莲喜欢上了帅帅的那幅粉笔画时，她也在心底里喜欢上了帅帅。

或许是因为自己从小就待在乡村，感觉城市距离自己很远，又或许是因为自己有些自卑，所以总觉得城市是生疏冰冷的。然而，帅帅的那幅粉笔画，却突然给了自己许多温暖和美好的感觉……阿莲后来常常这样想。

帅帅那时候仍旧在给自己的粉笔画涂色，阿莲站在他身后不远的地方看了许久之后，才开口道，我要递交这份表格给会长，但是他不在，麻烦你帮我转交下好吗？

帅帅听到阿莲的声音，便停下了画笔，转身微笑着回答，好的，那你先放在桌子上。

就在帅帅转身微笑的时候，阿莲才看清了帅帅的面庞。那是一张文静儒雅的面庞，白净，戴着一副黑边眼镜。

再后来，他们在学生会里常常碰面，渐渐地熟悉起来。

帅帅后来也"喜欢"上了阿莲。

然而，帅帅却在临近毕业的时候，对阿莲提出了分手。

阿莲追问分手的原因，帅帅只说，对不起，我不喜欢你鼻翼上的那些雀斑。

阿莲当时就哭了。虽然她很想忍住眼泪，但是那些不争气的眼泪还是夺眶而出。

后来的某天，当阿莲再回想起帅帅的那句话时，又会觉得，也许帅帅并不是因为我鼻翼上的那些雀斑和我分手，或许是因为我的家在农村……

然而，无论阿莲怎样猜想，长在她鼻翼上的那十几个雀斑也不会自动消失。

这个世界上的事情，有些时候是非常奇妙的。甚至会让人觉得有些不可思议。

帅帅因为不喜欢阿莲鼻翼上的那些小雀斑而和阿莲分手。但也有男孩子对阿莲说，我喜欢你鼻翼上的那些小雀斑，它们看起来十分调皮可爱……我喜欢你！

对阿莲说这句"喜欢你鼻翼上的那些小雀斑，他们看起来十分调皮可爱……我喜欢你！"的男孩子叫王刚，是阿莲在图书馆借书时认识的。

那是秋天的午后，阿莲去图书馆借书，在低头的时候，不经意间看到了地面上的一张图书卡。阿莲心想，自己可以在自动借还书的机器前等着，也许那个丢失图书卡的人会过来寻找。

果不其然，大约十几分钟后，一个身高一米七几、面庞微黑，模样俊朗的男孩子走了过来寻找不小心丢失的图书卡。

阿莲随即询问他,并且将捡到的图书卡归还给他。

这个叫王刚的男孩子为了表示感谢,非要请阿莲吃顿饭。

就在王刚请阿莲吃饭的那天,他们互留了电话。

其实阿莲并没有想要联络王刚。她只是出于礼貌,同时觉得王刚是个老实的男孩,才在王刚向她索要电话号码的时候,放心地把自己的电话留给了王刚。

一周后,在一个阳光明媚的周末,王刚打电话说,他要去图书馆看书,问阿莲是否同去。而阿莲恰好也打算去图书馆看书,于是,他们约定在图书馆会面。

那个阳光灿烂的周末午后,阿莲和王刚一起走出图书馆,又一起去了公园。

于是,公园的湖畔边、绿树下、花坛旁、木亭中,都留下了他们的身影和足迹。

于是,他们渐渐地熟络起来。

王刚是个俊朗、上进的好男孩,阿莲从来没有想过后来他会成为自己的男朋友。

大学毕业后的阿莲,虽然留在了城市,一直在努力着,不断地为自己充电,但是,她依然会有自卑感,觉得自己并不属于城市。

工作后的阿莲也曾经去美容院咨询过,是否可以通过美容来褪掉鼻翼上的那些小雀斑？但是美容师却告诉她，完全褪掉的希望并不大，只能淡化。

后来，阿莲也买过几种淡化或是遮盖雀斑的化妆品，似乎只有遮盖住这些雀斑，她的自卑感才能不那么强烈。

令阿莲没有想到的是，一个假日的午后，她和王刚在街角的咖啡店里喝咖啡的时候，王刚竟然对她说"我喜欢你鼻翼上的那些小雀斑，它们看起来十分调皮可爱……我喜欢你！"

阿莲当时想，也许王刚只是说说而已，并不会真正地喜欢自己。然而，后来在他们继续交往的三年中，她发现，王刚的确是喜欢自己的。

在王刚的喜欢下，渐渐的，阿莲在照镜子的时候，竟然也觉得那些雀斑变得调皮可爱了！

也许正是因为爱情，才会让一直令她生厌的小雀斑变得调皮可爱吧。阿莲看着镜子中的自己，甜蜜幸福地想。

后来有一天，阿莲在公园的湖水边等待王刚的时候，她看到了平静湖水中自己的倒影，窈窕曼妙……那一刻，她兀自笑了起来。

啊，原来我也是一道风景呀！

阿莲一边笑，一边在心里这样慨叹。

可不是吗？其实，每个女子，都是一道美丽的风景。

生活中，请不要总去仰望或者羡慕她人的美丽，也不要总以为只有别人才是一道美丽的风景。

当我们热爱自己、内心洒满自信时,就会发现,其实,我们自己就是一道美丽的风景。

遇见你，是最美丽的意外

春天的傍晚，陈刚约了阿丽一起喝咖啡。

那是一家开在老街角的咖啡厅。

他们坐在靠窗的位置，咖啡厅里正在流淌着十分轻盈动听的轻音乐。服务生送上两杯咖啡，冲他们微笑了一下，就安静地离开了。

那个服务生的微笑，忽然令阿丽的心里一惊。

莫非是他（服务生）看出了什么？

然而，他又能看出什么呢？就算看出了什么，我和陈刚之间，也并没有什么啊……

阿丽的心里不由自主地胡思乱想起来。

然后，阿丽觉得自己的面庞微热起来。想到这里，阿丽站起身来，对陈刚说，不好意思，我去下洗手间。

当阿丽在洗手间的镜子前看到自己的时候，不禁悄然欢喜起来。

镜子中的自己，真是好看呢。双颊是绯红的，面若桃花，仿若微醺的样子。眼睛是亮晶晶的，鼻梁是高挺的，长发是微卷的，而胸部，更是丰满的……

阿丽在坐回陈刚对面的时候，竟然不好意思起来。

陈刚大约是看出了阿丽的"不好意思",于是,便同她聊起几部电影来。

阿丽在和陈刚聊天的时候,仍旧会走神。

此时的她,心里想的却是,陈刚应该也是喜欢我的。瞧啊,这里的音乐,这里的灯光,这里的气氛,多么暧昧温馨呀,就是恋人应该腻在一起的好地方呀!

这是陈刚第一次约阿丽。

阿丽和陈刚相识于网络。更多的时候,他们只是聊得极其投机的网友罢了。虽然网聊已经一年有余,但是此次相见,也仅仅是第一次。

阿丽在和陈刚网聊的时候,并没有问过陈刚的个人情况。是否单身?倘若单身,又会对未来女友有着什么样的要求?

而陈刚也是如此,他也并没有问过阿丽的个人情况。

两个人聊天,成为看似友好亲密的男女朋友,也只不过是聊得投机罢了。

陈刚生出想要约阿丽见面的念头,也是因为季节的缘故。

那天,他们聊到了季节。

陈刚说:"我喜欢春天。"

阿丽说:"我喜欢秋天,不过,既然你喜欢春天,那么,看在春天也并不招人讨厌的份上,我也喜欢春天吧。"

随后，陈刚发来了几个笑脸。

然后，他邀请阿丽一起喝咖啡。

阿丽先是沉默了一会。

那一会的时间，对阿丽来说，是比较矛盾的。她犹豫着，一方面，自己其实是想见陈刚的，另一方面，阿丽又担心自己在见到陈刚之后，会爱上陈刚。

在没有见面之前，两个人只是彼此生出了好感，以及聊得默契罢了。

所以，阿丽会忽然沉默。

陈刚看到阿丽没回复，也猜到了她是在考虑。便又发来了一个笑脸，说："如果你不情愿，那我们就不要见面了，永远都不要见面了，只在网络上说说心里话吧。"

然而这时，阿丽突然敲出了几个字。

"不，见，我想要见你！"

阿丽在敲出这几个字之后，似乎都已经感觉到了网络的那边，陈刚激烈砰跳的心。

于是，他们约定在一个老街角的咖啡厅见面。也就有了前面的阿丽和陈刚来到咖啡厅的故事。

不过说实话，阿丽对陈刚的印象还真是蛮好呢。

或许，自己真的喜欢上了眼前的这个男子吧？否则，怎么会面庞飞起红云，又怎么会有微醺飘然的感觉？

自己的心像是小鹿那样的乱撞，啊，这就是爱情的样子！

"当一个人爱上一个人的时候，当你与自己喜欢的那个人在一起的时候，心像是小鹿那样的乱撞……这就是爱情的样子！"阿丽忽然想起自己不知何时曾在一本书中读到过这样的句子。

阿丽知道，自己真是喜欢上了坐在对面的陈刚。

之后，陈刚对自己所说的话语，阿丽都记不太清了。因为，那时的阿丽，只是一味地陶醉在自己编织的情网里。

那晚，他们离开咖啡厅的时候，已经很晚了。

当陈刚在吧台结账的时候，阿丽突然伤心起来。

她想，自己真是可笑，还是趁早死了这颗喜欢上陈刚的心吧！

原来，陈刚在吧台结账的时候，阿丽不经意间看到了陈刚装在钱夹中的全家福照片。

那是个十分幸福的三口之家，照片上的女子，显然是幸福快乐的，她小鸟依人的模样，令阿丽羡慕、嫉妒。而他们中间的小女孩儿，那个长得像极了陈刚的小女孩儿，则是十分伶俐可爱的样子。

阿丽后来想，自己怎么都不会忘记照片上的陈刚，他的面庞带着幸福的微笑，那微笑中，除了幸福，应该还有自豪和满足。只有婚姻幸福,家庭美满的男子,或许才能拥有如此美好自然的笑容吧?

于是,阿丽关掉了那颗喜欢上陈刚的心,只是,她是用了将近两年的时光,才彻底让那颗爱上了陈刚的心死掉。

敬往事一杯酒

艾思打电话给我的时候，我正坐在洒满阳光的露台中读一本书。是台湾女作家周芬伶的《红唇与领带》。我的那只美丽可爱的猫咪——糖豆，也正分外慵懒地依偎在我的身旁。

不到十平方米的露台上，花草环绕，我喜欢的爱尔兰风笛也正在缓缓播放，咖啡的醇香，弥散氤氲。怎么看，这都是一个十分美好的秋日午后啊。然而，这样美好的时光却因为艾思的那个电话，笼上了伤感的气氛。

艾思说，我在青海湖呢，湖水蓝得像是一滴美丽的眼泪。头顶的天空清澈蔚蓝，然而，我却并不快乐，依旧满心悲伤。

我当然知道艾思为何不快乐，又为何满心悲伤。

因为一场爱情，艾思才到了遥远美丽的青海湖。

艾思在离开这座城市的时候，就曾告诉我，只要到了青海湖，看到蔚蓝净澈的湖水，爱情带给她的所有伤痛就会消失殆尽……

但是，这次，这场与莫川的爱情所带给艾思的伤痛大约要很长时间才能治愈，即便艾思到了美丽净澈的青海湖，看到了蓝蓝的湖水，也不能让她忘了莫川，忘了莫川带给她的伤害。

那怎么办？听到我这样问她，艾思竟然在电话那端大笑了起来。

艾思就是这样的女子。个性鲜明，坚强无比，总是一副大大咧咧无所谓的样子。好像爱情并不能够伤到她似的。

其实，艾思也经历过几场爱情，但都没有结果。而我因为谈了一场失败的恋爱后，就开始拒绝爱情，我总会灌输给艾思这样的观点——什么爱情不爱情的，只要自己过得充实饱满，其他都可以忽略……

有次和艾思一起喝茶，我又提及了我对爱情的这种观点，艾思大笑起来说，哎呀，我可不会这样想，就算爱情会带给我忧伤和痛苦，我也会索要它，拥抱它……我要我的爱情轰轰烈烈，我也要我的爱情细水长流。我要充分体验和享受爱情的所有滋味，即便是伤痕累累，我也不在乎。

艾思一直都认为自己是个对爱情具有免疫力的女子。

我常常想，也许是因为艾思经历了太多次爱情，所以，爱情才不会"伤害"到她。

艾思也常会在一场爱情结束后，在她的他转身离去后，去往青海湖。每一次仿佛真像她所说的那样，只要一看到美丽净澈的青海湖，爱情带给她的伤痛就了无痕迹了。

然而常在河边走哪能不湿脚，纵使对爱情有着超强免疫力的艾思，也会有走不出爱情伤痛的时候。

就比如这次，艾思坐在青海湖净澈的湖水旁时，看着蓝天白云，呼吸着无比清新的空气，却打来电话说她依旧悲伤。

"怎么样，终于还是伤了吧。"我笑着打趣她。

对于艾思，我并不用怎么去安慰。因为，安慰也无济于事，她习惯于自我疗伤。

不过，虽然疼痛，但也欢喜。怎么说呢，这场没有结果的爱情，对我来说是痛并快乐着的。我并不怨恨或是懊悔什么……艾思这样对我说着的时候，悲伤的情绪似乎渐渐地缓和了过来。

于是，挂断电话之后，我仍旧继续地晒着太阳、看着书、听着音乐、赏着花草，以及陪伴我的可爱猫咪——糖豆。

一周后，艾思忽然出现在我的面前。

一身酷酷打扮的她，充满了朝气。她笑着说，嗨，一起去跳舞吧！

于是，我们一起去了"欢乐世界"。

在"欢乐世界"的舞池中，我与艾思一起翩翩起舞，此时的艾思，已经看不出任何悲伤了。看样子那场刚刚结束不久的爱情，带给艾思的伤痛，已经痊愈了！

舞会休场的时候，艾思主动端起一杯加冰的威士忌与我干杯。

她笑着说，也与往事干杯！

嗯，这个提议真好！我一边同她干杯，一边称赞。

其实,每一场结束的爱情就像是我们渐行渐远的人生往事,起初的欢喜幸福,也都会在光阴流转中被打磨得消失殆尽,即便当初的爱情多么的轰轰烈烈,也终究抵不过时光易逝和容颜易老。所以,何必要去计较那些爱的伤痛呢,不如学着与往事干杯,与爱情中的所有伤痛和解告别……

艾思的这番话还未说完,我就已经为她鼓掌并喝彩。

是呀,我们的人生,真的要学会与往事干杯,与爱情的伤痛和解并告别!

艾思又是一个欢快幸福的女孩儿了。那些爱情的伤痛,早已从她身上消失殆尽。

像艾思这样的女子,懂得与往事干杯,懂得与爱情的伤痛和解告别,不仅会欢乐多多,也会幸福多多呀!

一生太短暂,我们又何必揪住那些伤痛的尾巴不放呢?只有适时地放掉,生命才会愈加健硕且充满阳光,而爱情,也会有更多美好幸福的回忆。留在我们的记忆中。

为爱痴狂

总不能忘记的事会有许多。但是,那些生命中分外美丽,分外激烈的痴狂,是一定不会忘记的,无论时光如何跎蹉。

十六七岁的年纪,两个人走在春日融融的田野里。四处,尽是一派的空寂。偶尔会有飞过头顶的鸟雀儿,也许并不能叫上它的名字,但是,在你们抬头去看的时候,会发现它们十分光亮顺滑的羽毛,还有长长的尾巴。

那个时候,距离乡下的麦收时节还早。大片大片的小麦呀,已经返青,正茁壮地成长。放眼望去,四处都是完全的辽阔,一望无垠。

那时候,清风会轻抚你们年轻的面颊,然后,你们大约会想起一些往事来。是幼年时候,母亲的双手,轻轻地抚摸着你,那双也许是生着老茧的手,在轻轻抚摸你双颊的时候,你内心满是感动和欢喜。虽然,那时幼小的你,可能还并不懂得感动的真正滋味。

聊一些心事儿。聊到各自的父母、姐妹,或是校园中的烦心事儿。

于是,一些同情心,便也夹杂着少年的莽撞和渴望,纠葛缠绕着彼此。

于是，便很快地步入了爱情。

啊，那时候，"爱情"两字，是多么神秘莫测啊！带着浓郁的诱惑。

仍旧会记得，记得那些黄昏时分。

是初秋的时节，他骑辆单车载着你。彼此一路欢呼，一路雀跃着前行。车子碾过的路面，还会留下深深的印痕。一路蜿蜒，更一路执着地前行。

你坐在单车的后座上，伸出双臂，紧紧地环住他的腰身，心里是完全的甜蜜。爱情的滋味、幸福的滋味，一并席卷而来。这时你会闭上双眼，只静静地享受当下的甜蜜和幸福。

耳畔有风吹过，然而，却似乎没有听见。是呀，那刻的你，正是一副完全迷醉的模样，又怎么会听到耳畔吹过的风声呢？

距离清清小河不远的时候，你们会肩并肩走着，并不怎么着急，只是慢悠悠地走着。彼此说着知心的话儿，仿佛已经有几年不曾倾诉了，关于青春的烦恼、奢望和遐想。

河的那边，有片小树林，不大，在秋里，煞是美丽。

也曾一起走入树林，捡拾地上零落的树叶。那些枯黄、微红的树叶，被你拿在手中，舍不得丢弃。后来，你还带了一些回去，将它们洗净后，晾干，然后，夹进你的书本里。

后来上课的时候，每当你翻开课本，看到那片美丽的树叶，那些快乐但匆匆的好时光啊，便会一一从眼前闪过，仿若骑了白马的少年，只需轻轻挥动长鞭，那匹强悍不羁的马儿，便会勇敢地疾驰而去。

　　你们甚至还一起跳进了河中。你并不会游泳，但却并不害怕。那时候，河水并不深。站在齐腰的水中，看着他十分欢快地游泳，双臂拨动河水，然后，就是一如浪花般美丽的河水，渐次地倒向他的身后。然后，他会突然地游向你，再然后，就是他的激吻……

　　那一刻，河水的声音，鸟鸣的声音，都已经完全隐去和消失。整个世界，似乎只剩下了你们。

　　哦，年轻的你们，在花样的年华中，正在上演着此生最为痴狂的爱情片。

　　这部爱情片中的男女主角呀，只能是你俩。

　　总以为，有些初恋会是永远的爱恋。那个初恋的他呀，肯定会与你牵手一生，也深爱一生。

　　但其实，人生中的许多变故，并不是年少的你们所能把控的。

　　有些初恋，会失散，有些初恋，会夭折，甚至是永远地隐匿而去。

　　而我们的初恋，就是在后来的后来，失散了。

　　大约需要花上好几年，甚至一生的光阴，我们才能渐渐地走出那场失散了的初恋。

我们也会以为，生命中，往后经历的爱情，不会再像这般痴狂。

可是，在二十几岁的时候，邂逅了另一个他（她），便又有了再次的痴狂。

为爱而痴狂。

我们那么炽烈，那么固执，那么充满热忱。

又一个清秋，有蔚蓝而高远的天空，以及，洁白浮游的云朵。漫步于一派秋日美景中，就在一刹那，忽然就想起了许多往事。

啊，那些曾经的年少，那些曾经的痴狂。

我从春天走来　你在秋天说要分开
说好不为你忧伤　但心情怎会无恙
为何总是这样　在我心中深藏着你
想要问你想不想　陪我到地老天荒
如果爱情这样忧伤　为何不让我分享
日夜都问你也不回答　怎么你会变这样
想要问问你敢不敢
像你说过那样的爱我
想要问问你敢不敢
像我这样为爱痴狂
……

耳畔传来刘若英的歌声,她正无比深情地唱着《为爱痴狂》。

年少的时候,我们曾为爱而痴狂。

现在,已经过了年少时光的我们,依旧会为爱而痴狂。

每个人都会与爱情相逢,然后,激烈,痴狂。带着无尽的欢喜和快乐,十分享受地为爱痴狂。

情殇

小米也不知道自己究竟是怎么搞的,竟然会不自觉地喜欢上小海。

小米在夜里辗转反侧始终不能入眠时。她便想,爱就爱了。我就是喜欢他。那又怎样!

那是 2013 年的初冬,北方的夜,漫长而寂冷,窗外不时会侵入几丝寒气,像极了小米那时的心境——忧郁且冰冷。

其实,小米在确定自己真的喜欢小海后,有过不止一次的深思。究竟,两个人在一起,是否合适?未来的日子,如果充满了艰辛和苦难,又是不是能够坦然着面对?

这样的问题,小米已经翻来覆去地想过许多次遍了。答案是肯定的。

于是,小米在清秋的时候,刻意安排了一场饭局。这场饭局其实是她在向自己的父母"摊牌"。

那天的天气极好,天空是少有的蔚蓝澄澈,素白的云朵一团团地浮游着。就连街边的那些树木,也恰到好处的韵致——嫣然娉婷,似优雅女子一般,有些袅娜有些娴静。

在父母还没到来前，小米想：父母会不会不同意呢，但是，即便是这样我也会说服他们的，因为，我真的喜欢小海，而小海，他也真的很疼我很爱我……

然而，小米能想到的最糟糕的结果，真的在那天发生了。

当父母得知小海的情况并且知道了小米的想法后，怒气冲冲地起身离开，离开前，一向分外疼爱小米的父亲，竟然抛下了这样的一句话："你们别做梦了！你们想在一起，除非我们死了！"

小米慌了，不知所措地哭了。

她赶忙撇下小海，跑出去追自己的父母。

她想，不管怎样，父母一定会同意的，他们一直那么爱她理解她。

对于出乎意料的突发状况，小海也不知所措。

小海是个不错的男孩儿。只是，近两年家中事情不断……恐怕正是因为这些，才使得小米的父母，怎么都不同意他们在一起。

在小米看来，她和小海的未来，一定会是幸福快乐的。也许，物质上会欠缺一些，但是，精神生活却会无比愉悦和幸福。谁会如他们这样相爱呢？是跨越了千里万里，直至后来的互相欣赏，彼此深爱。

小米自那次饭局后，便下定决心，一定要做通父母的思想工作。

小米总会在下班后早点回家陪伴父母，也常常买些父母喜欢的东西，微笑着送给她们。父母也挺高兴，但是，一旦小米提及她和小海的感情，父母就立马翻了脸。

时光飞快。眨眼间，冬天就到了。

小米的心情，便也不再像以前那么豁达欢快了。以前，她的内心尽是爱情的甜蜜和幸福。看天，总是蓝蓝的，看云，总是白白的。甚至看那连绵不断的秋雨，也总是无限的欢快和深情。

北方的冬天，虽有些寂冷，但多数时候，仍是有阳光的。

午后的暖阳中，小米心不在焉也无比忧郁地独自漫步。

她一个人，漫步在僻静的小路上，看着自己的身影，一点点地被温暖明媚的阳光拉长或是缩短……眼泪便不由自主地落下来了。

小米没有联络小海，已经有些日子了。

小米的心头笼上几许沉沉的忧郁。眼泪无法控制地流下来时，小米的心，忧伤到了无法形容的地步。

这期间，小米做过无数次的努力，但父母还是不同意，怎么都不同意。

母亲甚至对小米说："你嫁给谁我都会同意，可就是不会同意你嫁给小海……"

小米仍旧不肯放弃地去做父母的工作，也想尽了各种办法。但是到了后来，她却又不得不无奈地选择放弃。

大概没有谁的父母会如自己的父母这样固执且难以沟通了

吧?……小米在被父母一次又一次痛骂之后,常常无助地边流泪边这样想。

小米也知道,父母是因为疼爱自己,不想让自己嫁得那么远……也有小海的母亲刚刚离世的缘故……大约就是这些原因,才导致父母的一再恼怒。

恼怒。真是恼怒呢!

小米想到这儿时,一些场景反复地浮现于眼前。——父亲甚至因此而打了她,并且不止一次非常气愤地说:"倘若你真要一意孤行地和他好,那么,我也只好和你断了父女关系……"

还有母亲。母亲为此竟然歇斯底里地哭晕了好几次……

小米在北方寒冷寂寥的黑夜,一再疼痛纠结的时候,便会泪眼婆娑。

倔强的小米自然不想打退堂鼓,怎么说,小海也是自己的初恋。自己对爱情,总是追求完美的。又遇上了这么懂得疼爱自己的小海,她又怎能忍心斩断这段爱情呢?

小米后来与小海商量,两人打算就这样先拖上一段时间,再慢慢地努力,一定要做通父母的思想工作。毕竟,自己不可能因为要嫁给小海,而与父母了断关系……

可就在这时,有人给小米介绍了一门亲事,男方家境很好。并且,介绍人是先把这门亲事跟小米父母说的。

小米在万分无奈的情况下,不得不一次次地"赴约"。

但小米的主意早已打定。自己肯定不会嫁给其他人的。在她的心中,早就已经认定了自己和小海的婚事。

所以,小米在那个男孩子第二次约自己的时候,就对他说:"我们不要再见面了,我已经有男朋友了!"

小米以为这样就可以不再和那个男孩子交往,然而,事情却越发地纷乱起来。

小米的父母怎么肯就此罢手呢,他们不仅私下里继续"侦查"小米的动向,并且更进一步地逼迫小米嫁给那个通过相亲认识的男孩子。

小米感觉自己快要崩溃了。这个叫作贵的男孩子,只是相亲的对象,况且自己根本就不情愿……然而,父母就是要她嫁给贵。

小米自然不会答应。即使父母如何逼迫和发怒,于小米而言,也是无济于事的。

小米的父母,终于在后来的某天,使出了撒手锏。

他们甚至叫来了小米的两个舅舅,"一定要让她死了那条心……一定要让她嫁给贵……"

当小米隔门听到父母对舅舅们所说的这句话时,小米的眼泪止不住地夺出了眼眶。但是,小米仍旧不死心,她仍旧和父母做最后的抗争。然而,天底下,大概极少会有哪个女孩儿能够最终抗争过自己的父母。

圣诞来临的时候,小米很被动地被贵牵了手,一起走在城市热闹喧嚣的平安夜里。

新年就要来了。

明年的自己,会是怎样的呢?

小米躺在床上,辗转反侧,难以入眠。

自己,会很听话?在新的一年中。自己会任由父母的安排,或者匆匆然地嫁掉自己……至于那个男子,贵或者是另外的其他男子,喜欢或者不喜欢又有什么关系呢?

尘世间的事情,有些时候,并不由自己掌控。即使是你所期望的爱情和婚姻,有些时候,却并不能够由你来决定。

或许,情感的世界中,伤心欲绝无可奈何的,不只是小米吧?

挥别错的，才能和对的人相逢

2015年秋天的时候，我见到了寒冰。

而这时，她已然是全新的自己了。精致的妆容、恬美的微笑、优雅的气质……

虽然当时的寒冰还没有确定婚期，但是，她也已经有了一个很靠谱的男友。

我在为她高兴的同时，也在内心衷心地为她祝福。

距离寒冰上次失恋已经整整三年了。这三年，对她来说，是重生，更是蜕变。

三年前，寒冰被前男友何浩"甩"了。

据寒冰后来告诉我，何浩"甩"她"甩"得有些奇怪。她甚至都还不知道怎么回事儿，而自己又哪里不好……何浩是突然间就消失的，他彻底从寒冰的世界中消失了，仿佛人间蒸发般。

寒冰那天依旧如往常一样地回家。那个家，是她和何浩在这座城市的临时租住房。虽然是一个老旧小区的出租房，但是仍旧被寒冰收拾布置得异常洁净温馨。

寒冰那天下班买了排骨，因为何浩说想吃红烧排骨了。

寒冰回到家，都没有顾上休息片刻，只是迅速地换了衣服，便洗手开始准备晚饭了。她从冰箱中取出一个茄子、一个彩椒，又取出了两根黄瓜，打算煮点稀饭，再蒸点红薯，然后做红烧排骨、彩椒烧茄子和蒜泥黄瓜三个菜，给奔波忙碌了一整天的何浩和自己吃。

大约一个小时后，寒冰做好了晚饭。天色已晚，但是，何浩还没有回来。

寒冰想，等自己冲完热水澡，也许何浩就回来了。

于是，她便进了卫生间，开始冲澡，冲完澡出来，何浩还是没有回来。

这时，寒冰才想起要给何浩打个电话。寒冰拨打何浩的电话，却关机了。

寒冰心想，也许何浩就在回家的路上，也许他的手机没电了。

然而，一整晚，何浩都没有回家。

寒冰后来再拨打何浩的电话，仍旧是"对不起，您拨打的电话已关机"的声音。

等不来何浩，寒冰自己就简单吃了几口菜，喝了一小碗稀饭，依偎在沙发上等何浩。然而，寒冰真的太困了，在绵软的沙发上睡着了。

醒来的时候，何浩还是没回来，寒冰看了眼时钟，已是凌晨五点了。

寒冰想，或许是工作需要加夜班，何浩才没有回家。

这样想着的时候，寒冰再次拨打了何浩的手机，却仍旧是关机状态。

寒冰清晨六点十分就出门了，因为她想去何浩的单位找他。快到何浩单位的时候，寒冰在路边的早餐铺为何浩买了一份早餐，是他喜欢的红豆粥和珍珠包。

何浩并没在办公室，他办公室的门是紧锁着的。

寒冰想，既然已经来了，那就再多等一会儿，等何浩的同事来了，问问他们，不就知道情况了嘛。

七点四十的时候，有位何浩的同事上楼了。印象中他与何浩一个部门，寒冰忙走过去问他。

何浩昨天就办理了离职手续……

寒冰在听到何浩同事的这句话时，突然怔住了。

再拨打何浩的电话，依然是关机。

寒冰很想请一天假，但是单位最近事情实在太多，走不开。这天，寒冰在单位上班都是神思恍惚的。约莫上午十一点时再拨打何浩的电话，却是"对不起，您拨打的电话已停机"。

也许何浩已经回到家了，他在睡觉，或者在看电视……寒冰一边心里这样猜测着，一边心不在焉地忙着手中的工作。

下午下班，寒冰第一个打了卡，一路小跑着回了家。

然而，何浩没有回家，家里依旧是空荡荡的……唯有寒冰自己，十分茫然也慌乱地踱来踱去。

何浩也没有回他自己家。寒冰后来去何浩的老家找他，他的父母也说一直都没有何浩的消息。

日子就这样平缓地走着，而寒冰则像经历了一场大病一样，憔悴而虚弱。

一个又一个静寂的夜晚，寒冰断断续续地失眠。

可怜的她早已经熟悉也习惯了何浩的味道，而宽阔柔软的床上，却不再有何浩的任何气味。

何浩是被其他女子迷惑了，所以选择抛弃我，远走高飞了吗？不过，其实用不着这样呀，我们俩只是同居而已，并没有领取结婚证，况且，就算结婚了，也是可以离婚的，而我，虽然很爱很爱何浩，但是也不会死不放手，倘若某天何浩非要离开我……

难道何浩是因为其他的事情，不得不逃避、出走？然而，又会是什么事情，让他选择以"人间蒸发"的方式消失呢？

寒冰胡思乱想地度日，这样的胡思乱想，一直持续到了2014年的年初。

2014年春天到来的时候，阿伦出现了，他是寒冰生命中的第二个男友。

阿伦的出现，彻底改变了寒冰。

寒冰也并不避讳地多次向阿伦提及何浩，也说起她们在一起的许多故事，以及后来何浩突然的"人间蒸发"。

阿伦每天都来看望寒冰，听她的诉说，也耐心地开导她，静静的陪伴她。

阿伦是个大度、温柔也细腻的男子。

随着时间的流转与更迭，渐渐地，阿伦越来越喜欢寒冰了，他并不在乎寒冰的以前，而是更加用心地呵护、爱怜起了眼前这个有些瘦弱又受过情感创伤的美丽孤寂女子。

当阿伦向寒冰求婚的时候，寒冰并没有答应。

她说，我是有过情感创伤的女人，你又何必要找我这样的女人呢？

阿伦沉默了片刻，却更加深情、坚定地对寒冰说，嫁给我吧！

2015年秋天，我再见到寒冰的时候，她仿佛换了个人。——寒冰重新地活了过来！

寒冰高兴地对我说起阿伦，并告诉我，他们就要结婚了。

治愈爱情创伤的，除了时光，也许还有爱情本身吧。

如果一段爱情结束了，如果一个爱人离开了，不妨调整好自己的状态，重新迎接新的爱情，也重新等待一个真正爱自己的人。

就像梁静茹歌中唱的那样：

挥别错的才能和对的相逢
离开旧爱　像坐慢车
看透彻了心就会是晴朗的
没人能把谁的幸福没收
……

拔掉身上扎人的刺

想为你做件事
让你更快乐的事
好在你的心中埋下我的名字
求时间趁着你
不注意的时候
悄悄地把这种子酿成果实

我想她的确是
更适合你的女子
我太不够温柔成熟优雅懂事
如果我退回到
好朋友的位置
你也就
不再需要为难成这样子
……

刘若英的这首《很爱很爱你》回荡在耳畔时,天气依然阴冷。

车内的暖风开着,可是,不知道为什么,悠悠的内心却还是冰冷得厉害。

要去哪里?

悠悠不知道,真的不知道。

今天。哦,确切地说应该是这半年多的时间,悠悠的心都是疼痛不安的,疼痛的涩楚始终纠缠着她,萦绕在她的心里。

粲然走了,去了香港。

虽然,这已经是粲然半年前的选择了,但是,对悠悠来说,一切却像是发生在昨天。

车子漫无目的地穿梭在城市的道路上,看着那些奔忙在城市中的人们,着急地穿梭在自己的车前,似乎并不怎么在乎自己的性命,悠悠兀自叹息着。

这情景,让悠悠心里有种说不出的痛。

他们,这些行色匆匆的人们,急匆匆地穿梭在大小车辆之间,几乎忘记了自己生命的可贵。而自己呢?

自己始终被某种情愫纠葛和困扰,某些时候,自己无法挣扎,更无法摈弃,那些埋藏和堆砌在心中的酸楚。然后,不得已,用香烟和酒精来麻醉自己。

多少个夜晚……幽幽真的数不清了。

有谁会知道，曾经多少个黑夜、白昼，悠悠，这个曾经骄傲得像女王一样的女子，在夜深人静的时候，是怎样麻醉和折磨自己的呢？

悠悠甚至觉得自己某些时候是非常愚蠢的。

一滴泪不知何时滚落下来，正好落在了悠悠的手背上。那泪冰凉得厉害。悠悠忽然就很想伤心地大哭一场。

悠悠一边落泪一边在心中埋怨自己，埋怨自己的不争气。

事到如今，流泪又有什么用呢？当初，总是出现在自己身边的粲然，难道不是自己亲手"送给"笑笑的吗？

虽然，那时候，悠悠觉得心痛得厉害，但是，在当初的情形下，她，这个高傲的公主又怎会甘心为爱情卑微呢？

是啊，爱情它原本就该是纯粹的，不可以掺杂任何杂质。

悠悠也知道，或许粲然他并没有做错什么。只是，对于一个喜欢他喜欢到近乎疯狂的高傲公主来说，又怎么能够容忍他，一而再，再而三地在她面前夸奖另外一个女孩子呢？

笑笑是粲然在一个酒会上认识的女孩子，仅仅只是一个五星级酒店的大堂经理而已。

虽然，笑笑很美丽，也像她的名字一样，总是一副微笑的模样。每当她微笑的时候，都会让人觉得很温暖，如沐春风。但是，笑笑给人的这些印象，在高傲的悠悠眼中，仅仅只是廉价而已。

悠悠瞧不起这样的女孩子,在她眼中,女孩子只有高贵才更具气质。可以冷艳,可以活泼,但绝对不可以看似廉价的对任何人微笑。

所以,在悠悠第一次见到笑笑的时候,就从心里面产生了抵触的情绪。

也是那个时候,她和粲然的矛盾开始了无法避免的激化。

粲然总是喜欢在悠悠面前夸奖笑笑。这点,是悠悠所不能忍受的。

每当粲然夸奖笑笑的时候,悠悠都会极不高兴。

而这个和她相处了三年的男人,像中了邪似的,总喜欢在自己面前甚至在别人面前夸奖笑笑。

当有一天,粲然又在自己家人面前再次夸奖笑笑的时候,悠悠彻底崩溃了。

她开始歇斯底里地大声吼叫,然后伤心地哭泣。她把自己关在房间里,肆意地摔东西,无论谁来敲门,她都不愿把门打开。

悠悠那天把自己关在房间里整整一天一夜,让家人极为担忧,他们真的不敢想从小就娇生惯养的悠悠,会把自己关在房间里做些什么,他们甚至想到了最可怕的后果,那就是,一向就任性到极点的幽幽会做出一些傻事来。

那个夜晚以及那个白昼,粲然也在痛苦中煎熬。他很矛盾,也很绝望。

他和悠悠相处了快三年。起初，粲然觉得自己还可以容忍悠悠的许多缺点，包括她的任性，甚至于她的极度高傲，但是，在认识了笑笑之后，粲然竟开始在心里面有意无意地排斥悠悠了。

是啊。笑笑，一个多么好的女孩子啊，虽然她出生在工人阶级家庭，但是却有着极好的涵养，活泼而热情。善解人意的她，有些时候，总是分外温柔。

粲然有些奇怪，虽然并没有和笑笑有过非常亲密的接触，但是，他不得不承认，这个美丽脱俗的女人，在他第一次看到的时候，就已经悄然走进了自己的心，自己已经深深地喜欢上了她。

爱情并不是单方面的事情，对于这点，粲然明白。

粲然并没有向笑笑暗示或者表白过什么，然而，恰恰正是这种看似含蓄的情感，却使他寝食不安起来。甚至，粲然常常会在夜里失眠。每当这时候，他都会依在床头，点燃一支烟，默默地吸……粲然知道，在烟雾弥散的时候，自己心里想的全是笑笑。

粲然压抑过自己的情感，也知道自己不可以这样，因为他和悠悠也是有感情的。

然而，不知道为什么，他总会在无意间提及笑笑。而每当自己提及笑笑时，就会对悠悠造成伤害。

我想她的确是

更适合你的女子

我太不够温柔成熟优雅懂事

如果我退回到

好朋友的位置

你也就

不再需要为难成这样子

......

某天,在粲然和悠悠一起 K 歌的时候,悠悠故意唱了这首刘若英的《很爱很爱你》。

唱罢,悠悠便开始喝酒,一杯接一杯地喝。

该让自己平静一阵子,冷静一阵子了,粲然心想。

于是,在一个清冷的秋日,粲然选择了离开,离开这座城市,去香港发展。到达香港后,粲然很干脆地更换了自己的手机号码。他不想再和任何人联系,除了笑笑。

在陌生的繁华都市,粲然的心会在想起笑笑的每一刻,都充满无限温柔和甜蜜。

经过一个月的情感梳理后,粲然毅然决定和悠悠分手。

那天,是粲然和悠悠的最后一顿晚餐。在环境幽雅又温馨的餐厅里,悠悠和粲然彼此沉默。后来,是粲然打破了僵局。

"我们分手吧。我不适合你。你会拥有更好的爱人。"

粲然平静地说。

可他的话音刚刚落定,幽幽就把一杯凉饮泼在了粲然的脸上。

然后,粲然就看到了悠悠华丽而优雅的转身。

许久之后,悠悠心里依然很痛。

悠悠不能原谅粲然先说了分手。

其实,在悠悠冷静下来的时候,她也反复地想过,如果不是自己那么任性和高傲,始终不肯收敛和改正小姐脾气,自己最爱的粲然又怎会离开呢?

其实,是自己太傻,是自己拱手把最爱的粲然送给了笑笑。

爱情不是游戏，打怪不能升级

女友玄子选择离开泽朗的时候，正是北方最凛冽的寒冬。

那天，玄子约我一起喝咖啡。

在"老树咖啡"的二楼小包间中，她流着眼泪对我说，姐，我伤得很重，我恨泽朗！

我用纸巾为她擦拭眼角的泪水，拥抱她，用一只手掌轻拍她的背脊。对她说："好妹妹，别哭了，有什么委屈，有什么烦恼，不妨统统都告诉姐姐吧！"

后来，玄子在喝了一杯醇香的热咖啡后，对我讲起了她和泽朗的故事。

玄子说认识泽朗是经同事介绍。同事和玄子关系很铁，在玄子和泽朗见面之前，同事就对玄子说："我的朋友泽朗人很好，又很会体贴呵护女孩，是个很不错的男孩子……我觉得，你们挺合适的。"

玄子在和泽朗见面之后，感觉也很好，真的就像同事所说的那样，泽朗真是个挺不错的男孩子，很会体贴呵护女孩，并且人也蛮帅。

就这样，玄子在第一次和泽朗见面之后，没过多久，就确定了和泽朗的男女朋友关系。

两人的联系也因此而紧密起来,后来发展到一日不见如隔三秋的地步。

每天若是等不到泽朗的电话,玄子就会无精打采的。若是哪天见不到泽朗,玄子就会觉得——活着可真是没劲呀!

彼此你侬我侬、如胶似漆的热恋,一年之后,玄子便主动对泽朗提出了结婚的想法。

然而,令玄子没有想到的是,泽朗并不情愿这么快就结婚。泽朗给出的不会尽快和她结婚的理由是:我这边的工作还没有稳定下来,男人应该以事业为重。因此,我想至少再等两三年,之后,再考虑是否结婚⋯⋯

玄子听了很生气。

她当即就哭了起来,下了泽朗的车子,独自走回了家。

玄子心想,泽朗啊泽朗,你究竟怎么想的?为什么要将我们的婚事拖延到两三年之后呢?

后来,玄子想起了秦观在《鹊桥仙》中所写的"两情若是久长时,又岂在朝朝暮暮。"她又想,不过泽朗说得也有道理,也许是我的错。既然彼此相爱,那么,不妨就再等上两三年吧。

玄子虽然心里面想通了,但是她仍旧在生泽朗的气。

作为泽朗的女朋友,她想,不管怎样,这次都一定要泽朗对我道歉才行，如果泽朗不肯给我道歉，那么，我就不会主动联系他！

玄子以为泽朗会主动向自己道歉。也以为泽朗会过来找她，会因此更加珍惜他们的感情。

然而，一周过去了，泽朗也没有主动和她联系。

玄子虽然很想念泽朗，也非常想去找泽朗，像以前那样和他一起吃饭、看电影、逛商场……但是，她仍旧还是选择耐住性子，依旧选择等待泽朗的到来。

又一周过去了，泽朗还是没有出现。

泽朗不仅仅人没有出现在玄子的面前，他甚至连一个电话，一个信息都没有给过玄子。

玄子终于受不了了。她觉得自己忍受不下去了，也不想再等待了，她一定要去找泽朗，向他问个清楚。

当玄子找到泽朗所在的单身公寓的时候，她傻眼了。

泽朗的单身公寓中，竟然有一个比自己更加年轻也更加漂亮的女孩。

泽朗恰好出去了。而那个女孩儿，俨然一副女主人的模样。她微笑着对玄子说："我是泽朗的未婚妻，请问你找我们家泽朗有什么事情啊？如果你不介意的话就告诉我吧，等泽朗回来了，我会转告给他的……"

玄子差点当场爆发。然而，她还是忍住了。

玄子忘记了自己当时是怎样跑出泽朗的单身公寓的。她只记得，初冬的寒风吹得自己有些晕眩，脸上有刀割般的疼痛。跑出公寓的时候，玄子看到了地面上被风吹落的落叶，它们枯黄而哀伤，像极了那一刻自己的心境。

玄子不再去找泽朗了。她沉寂了很久。

后来的某天，玄子主动向她的那位同事，也就是介绍泽朗给她认识的那位同事诉说了自己和泽朗的交往。

玄子对同事所说的重点是，她怎么都不明白，为什么泽朗会是这样的一个男人。即便是不再喜欢她了，也应该主动告诉她。可是，为什么泽朗不肯亲口告诉她自己的选择呢？无论如何，泽朗对他们这段感情的处理都是不负责任的。

玄子的眼泪在眼眶中打转，但她忍住了，硬是没有让自己的眼泪在同事的面前流下来。

玄子的同事自然会出面去问泽朗了。

但是，令玄子没有想到的是，泽朗让他的朋友（玄子的同事）转告给玄子的话竟然是这样的：我不玩感情的游戏。当我觉得女孩子不适合我的时候，我就会这样对待她。

玄子听到这番话时，差点气到吐血。

玄子说："他竟然这样说。从一开始，都是他在玩感情的游戏，现在他却这样说，好像玩感情游戏的那个人是我一样！"

玄子后来冷静下来的时候，又仔细回想了她与泽朗交往的一些情形。泽朗的确很会讨好女孩子，他非常了解女孩子的心思，他会说动听的话语，会察言观色，也很会关心、体贴、呵护女孩子。

"而我呢？或许仅仅只是他玩弄的一个对象。自始至终，都是他在玩弄我的感情……"

玄子说到这里的时候，声音忽然哽咽起来，继而，放声大哭。

我很理解玄子的心情，我也能够感受到玄子内心的伤痛，然而，我并没有再说什么，我只是用拥抱着玄子，用一只手轻轻地拍着玄子的背脊。我想，此刻，任何语言都是苍白无力的，就让玄子大哭一场吧。也许大哭一场之后，玄子心头的伤痛会减缓许多，而那时，想必玄子会明白些许爱情的真谛。

第二辑 / 我曾用心爱过你

我曾用心爱过你,
也许,后来我们会分手,
爱情会幻灭。
但是,我从来没有后悔爱过你。

爱情诚可贵，生命价更高

在影视剧中，看到过这样的一段。

一个女孩在读博士生期间，失恋了。她长得挺漂亮的，但是，仍旧被男友甩了。在相恋七年之后，男友提出了分手。

于是，这段爱情便死掉了。而一起死掉的，还有她和她的心。

她不能接受他的离去。她选择了自杀。

自杀之前的几个月，她其实一直都在挣扎。

她想起了曾经在一起的美好时光。那是多么幸福甜蜜的一段时光啊！一晃就是七年。然而，对她来说，仍觉得太短太短了呀！

她觉得时光太短。是因为她喜欢更深爱着他。

她贪恋，非常贪恋他们在一起的时光。

那个午后，男友对她说："我们分手吧！"

她愕然，继而哭着问："为什么，为什么呀？"

男友答："已经七年了，我早已经厌倦了！"

丢下这句话后，男友便头也不回地走掉了。

只留下她，孤单、落寞地独自站在原地，失声痛哭。

眼泪，从她的眼中溢出。像是冲破了闸的河水，汹涌不止。

从起初的默默流泪，到后来的大声痛哭，她终于让自己宣泄了出来。

既是宣泄，又是更深层次的折磨和创痛。

她的心，在滴血。那血，肆无忌惮地淌着，一滴又一滴，不肯止息。

这是她的初恋。也是他的初恋。

她想不通，为何他不珍惜自己，不珍惜这场初恋。

他说，时间太久，七年了……然而，对她而言，还是太短暂，太短暂了啊！

她希望他们可以一辈子，一生一世地不分离。就这么痴缠着，缱绻着，永远都不要分开……

然而，这样的愿景，也只是她自己的一厢情愿罢了。

那个她一直在乎的男人，已经离开了自己。那样决绝，那样冷漠。

想起两个人曾经的那些美好，她会笑起来。面庞像是一朵刚刚开放的花儿，鲜艳也美丽。甚至，偶尔还会笑出声来，她想起两个人一起玩乐、嬉戏，快乐得令人嫉妒，幸福得令人羡慕。但是，转瞬间，她又会流泪，一副黯然神伤的样子，甚至，还会大声地哭泣……

所有的美好，所有的甜蜜，所有的幸福，如今，全都散去了。

这场爱情是从她头顶上飘过的一朵云，美丽纯粹，却只是刹那间的美好而已。

之后，她的人生，又该怎么面对？

她也曾尝试着忘记他，忘记他们在一起的所有美好、幸福和甜蜜。但是，她终究还是忘不了。他总是出现在眼前、梦境，也时刻在心底。那是印上去的，很深很深的烙印，又怎能轻易地就消失不见？

终于在某天，她觉得自己快要疯掉了。

一方面是难以忘却。而另一方面，又是必须要忘却。

她又怎能做到？做到必须忘却！

痛苦不堪的时候，她横狠下心来，选择了自杀。

她并没有告诉任何人，自己选择离开这个世界的缘由。

她只是把自己沉溺在海中，在一个夏日的黄昏时分。

那天，天空很美。落霞余晖下，她独自一人在他们常常漫步的海滩上走着，时而停下脚步，时而静静地坐下来，把目光放逐到很远很远的海面。

她在想着他。想着他们在一起的所有美好。

她也是在和他告别。和他们在一起的所有时光告别。

生命最后的片刻，她甚至是微笑的。她的神情看起来从容且美丽。她将自己沉溺到了海水之中。

她独自地走向海中，一点点地走向海水的最深处。

海水一点点，一点点地淹没起她……

终于，她以自杀的方式，与这个世界做了告别。

在她自杀的时候，在她沉溺于海水的时候，周围并没有人。所以，最终，她失去了生命。

一朵美丽芬芳的花朵，死掉了。

一场青春，一场爱情，终于以如此悲惨的结局，落幕了。

这场长达七年的爱情，至此，彻底地了结了。

爱情中，若是被抛弃，请不要轻易选择告别人世。要知道，生命是多么珍贵！

虽然失恋会有疼痛、悲伤，但是，请给自己一段时间，让时间去治愈那场爱情中的伤。

当我们被治愈的那天，你终会明白——没有什么是过不去的，即便，你曾经多么爱他，即便，你们相恋了许多年……

珍惜生命，也给自己另一段人生。

即便爱情死掉了，即便那个人走掉了，也请你相信，未来自己会有另一种更加美好的人生。

一个人取暖

深秋时节,莲就已经在准备过冬的棉被了。

一阵秋风突然吹起,地面上的落叶打起了旋儿,然后,又悄然落下。

只是这么一个不经意间的动作,莲却倏然地滴了几滴泪。

她不由得打起了寒战。

一个人,穿越马路的时候,思绪便不听管束地胡乱缥缈起来。

先是两年前的情景。

也是一个秋日的午后,有温暖的阳光,天空湛蓝。莲在去图书馆看书的路上,遇见了木。

那天,木穿着一件咖色的风衣和牛仔裤。脖子上围着一条蓝灰色、细条纹的围巾。

在秋风中,在温暖的阳光下和萧索静寂中,他显得分外特别。

第一次遇见,是在过马路的时候,木正走在莲的前面。

莲的心在那一刻忽然狂跳起来,面颊也跟着滚烫了起来。

说实话,已经有好久没有这样的感觉了。如少女怀春时那般,甜蜜、幸福、羞涩。

莲以为这只是一次美丽的意外。就好像雨后天边出现的彩虹，分外美丽壮观，但只是片刻而已。

然而，令莲没想到的是，后来，在图书馆里，他们再次邂逅。

他恰巧就坐在莲的对面。

他认真阅读的模样，真是英俊呢！

莲在心里悄悄地欣喜。想着一定要找机会接近他呦。

莲那天再也无心阅读了。她的心已经被对面的木吸引着，不能静心阅读了。

"你好，请教一个问题，文字起源于哪个时期？……呃，我需要写篇论文，要用到这个素材……"

在莲说出这个问题的时候，木的面颊有些泛红。冰雪聪明的莲看到木的面颊微微泛红，便立马补充说，是需要完成一篇论文……

也许，木在那刻，也是有所感知的吧？

感知到了对面亭亭玉立、白皙纯净的女子，对自己的"喜欢"。

那天在离开图书馆的时候，木竟然主动邀约莲一起走走。

在离开图书馆后，他们当天一起喝了咖啡、看了电影。很显然，木已经对莲产生了好感。

接下来的事情，就不必再赘述了。

一切，就好像是童话故事当中的情景一样，充满了温馨、浪漫、甜蜜和幸福。

在那年初冬来临的时候，木搬进了莲的出租屋。

"一个人冷，两个人，总不会那么冷了吧？"莲想。

夜里，有木在身边，相拥取暖，就算外面寒风呼啸、大雪纷飞，也不再寒冷了。

但在第二年早春时，木便搬离了莲的出租屋，给他们的情感画上了句号。

木离开前，只是平淡地对莲说："我厌倦了这样的生活，我得离开了，对不起。"

木在说完这句话后，冷漠地拎起自己的行李，转身走了。

早春的风儿肆意地吹着。

莲在木转身离去的那一刻，也并没有多说什么。

她只是，静静地看着木的身影，慢慢地消失在自己的视线中。

然而，在木走了以后，莲难过极了。她把自己封闭在出租屋里，关了电话，只是蒙起头来，在被窝中默默地哭泣。

泪水濡湿了枕头，在伤心的间隙，莲仍然可以嗅得那枕头上，属于木的气味。

淡淡的香味儿。似薄荷的清香。

后来，莲在伤心和哭泣中睡着了。

再醒来，天空已经泛起了鱼肚白。

是新的一天了，莲想。

从此，莲便开始改变自己。

即使再怎么轰轰烈烈的爱情，也还是会走掉的呀！不如，及早地清醒，学会善待自己，而不是一再地伤害自己。

莲明白这个道理的时候，恰好是2014年的初秋。

阳光很好，窗口有吹进来的微微秋风，丝丝缕缕地温存，还是裹了某种淡然清香的。

莲穿着杏黄色的毛衫、米色的长裙、咖啡色的短靴，脖子上，还围着一条蓝绿相间的丝巾，十分轻盈也自在快乐地走在大街上。

城市的秋天，正有其独特的韵味，就像莲，美好也舒心。

莲要为自己准备温暖厚实的棉被了，在这个冬天，一个人，也不会再冷了。

莲这样想着的时候，她的头顶，正飘过几只五彩的气球。

那几只气球，一直飘啊飘啊，朝向更高的天空，更远的地方。

我曾用心爱过你

关岭离开邢娜的时候,正是北方一年中最冷的寒冬。

关岭走得分外决绝。在寒冷的冬日,他穿着黑色的皮衣,转身离开的模样更显冷峻。

在马道巷的一个茶楼里,邢娜流着眼泪对我诉说着关岭的离开。

在听她诉说的时候,我的眼前仿佛也有了一幅画面,那画面上,是冷漠决绝的关岭,是伤心欲绝的邢娜。

邢娜说关岭的离开真的太令她悲伤。虽然,关岭已经是邢娜的第三个男友。

之前的两任男友,在分手后,当然也悲伤,但是,那种疼痛和伤心,远不如关岭的离开来得剧烈。

我想,邢娜或许是对关岭投入了太多感情。她太喜欢关岭了,所以,才会受到如此剧烈的痛苦。

在我问及他们分手的原因时,邢娜的眼泪流淌得更加厉害了。

"其实,我知道,关岭之所以会选择分手,最主要的原因是,他得知了我在他之前有过两任男友……"

邢娜说出这句话的时候，我着实吃了一惊。

关岭我见过几面，在一起吃饭的时候，也和他有过一些交流。原以为他算是个大度豁达的男人，却没想到，他竟然如此小心眼儿。

"都什么年代了，还有关岭这样小心眼儿的男人。既然他已经选择了分手，你也不必太过伤心，因为，像他这样小心眼儿的男人，不值得你去珍惜。"

我这样劝说邢娜的时候，邢娜则哭得更加厉害了。

这让我觉得，她不仅太过在乎关岭了，而且并不能接受他人对关岭的批评。

我不是个喜欢评价他人情感的女子，我只是心疼眼前伤心欲绝的邢娜罢了。我觉得自己的观点也没错，女子若是嫁给一个分外小心眼儿的男人，她的婚姻生活不会多么幸福的。所以我认为关岭的离开，其实对邢娜来说是件好事。

邢娜后来对我说起关岭离开她时所说的一句话。

"我曾用心地爱过你。"

关岭的这句话，听起来真是"动听"。虽然，他在说的时候，语气是冷漠的，但是，邢娜仍然十分感动。

邢娜对关岭说了句："谢谢你曾用心地爱过我，我一直都在用心地爱着你!"

邢娜说给关岭的这句话,或许,关岭会一直记在心中。毕竟,邢娜也是他用心爱过的人。

邢娜还告诉我,关岭是通过她们单位的几个同事,打听到她的两个前男友的。

其实,邢娜与那两个前男友恋爱的时间并不长,用情也并不如关岭这样深切。

"与他们分手后,我们再也没有联络过。在我认识关岭后,我的世界就唯有关岭一人了……"邢娜委屈地对我说。

爱情是如此伤人。

邢娜的眼泪,邢娜的倾诉,也让我想起了闺蜜珠儿的故事。

珠儿的男友在和她分手的时候,也说过关岭对邢娜所说的话——我曾用心地爱过你!

而就是他的这句话,深深地感动了珠儿。后来的故事是,珠儿为了这句话,选择了孤独一生,宁愿委屈自己,也要做那个离开她的男友的秘密"情人"。

作为闺蜜,我不止一次地劝过珠儿,然而,珠儿仍旧坚持自己的选择。

后来,我明白了,每个人都有选择自己生活的权利,何必要过多地干涉别人的选择。于是，便只好在心里默默地祝福她了。

但是，面对邢娜，我却并不希望她选择珠儿那样的生活。

我真心希望邢娜能够快乐起来，能够邂逅新的爱情，最终步入一段美好幸福的婚姻。

也许是我对邢娜的衷心祝福感动了上苍吧，两年之后，邢娜遇到了一个爱她的男人。当然邢娜也爱上了那个男人。

于是，邢娜的故事，有了最美满的结果。

邢娜在他们的婚礼上，笑得很甜。幸福的笑容荡漾在她那美丽的面庞上。在新郎亲吻亲娘的那一环节中，我竟然流下了激动的眼泪。

我知道，我的眼泪中，饱含着感动、祝福、希冀、快乐、幸福……

邢娜终于有了美好的归宿。

邢娜的面庞上已经看不出曾经爱情带给她的伤痛。

我真诚也衷心地祝福邢娜。愿她爱情甜蜜、婚姻幸福，永远都是这个世界上最快乐的女子！

我也知道，其实这个世界上，有着太多像邢娜这样的女子，她们会在爱情里受伤，也会在爱情里获得甜蜜和幸福。

那个放弃了邢娜的关岭，听说后来找了个更漂亮的女子结了婚。然而，那个女子并不如邢娜那样爱他。两个人的婚姻只持续了半年，就曲终人散了。

关岭，在一次酒醉后，对朋友说，还是邢娜最好，邢娜是这个世界上最爱我的女人，而我，却傻傻地不懂得珍惜……

爱情需要秘密

喜欢上他之后,她发现自己变了不少。

许多时候,生活中所有事情以及想法,总是想要在第一时间与他分享,哪怕他正在忙工作。

她好像就是有些"蛮不讲理"了,容不得他多说什么,反正,他就是要听她的诉说,她就是要他知道她此时此刻的情况,不许他解释什么……

她所在的城市下雪了。她会问他:"你的城市在下雪吗?"

他们并不在一个城市。彼此相隔千里,大概也因为这个原因,她更加喜欢"打扰"他了。

她对他的"打扰"越来越不分时候。

寂静的夜里,她失眠,或者是起夜的时候,只要想起他来,必定会给他发一条甚至几条信息。她在信息里问这问那,有时也会自言自语地说上几句。

白日里,他在工作,她也会在想念他的时候,发信息给他。她有时候又是善解人意、通情达理的。她告诉他:"如果我发信息给你的时候,你正在忙工作,那么,就不必回复我了,等你不忙的时候,回复我就好了。但是,如果你不忙,也看见了信息,那么,就一定要立刻回复我哦!"

她总是这样,总是想要让他知道自己的所有情况。也许因为太喜欢他,也许因为太在乎他。

这个寒冬,她所在的城市下了第一场雪。她拍了雪景给他看。又用信息描述着眼前的美丽雪景。

她喜欢他,她爱他,所以,她要他知道,此刻自己的生活是什么模样。季节转换后的冷暖,无论黑夜或白昼,只要她想要他知道的,她统统都会告诉他。

他的脾气极好。从未对她发过火。

就算是收到她信息的时候,恰好在忙,也会及时地回复她:"正忙。"

然后,在工作不忙的时候,他会认真地回复她的信息。

她一直坚持着这个习惯,并未想过他的感受。

她没想过自己这样的"打扰"他,会不会扰乱了他正常的生活。在和他跨距离相处的时候,她似乎是自私的。

她以为他永远都不会对自己发火。然而,有一天,他却在收到她的一条信息后,突然冲她发火。

他说:"我正在上班,既然知道这个时间是我的工作时间,就不该打扰我！"

他的言语似乎是有些反常了。要知道，他从未对她如此地发过火。

她忽然觉得好委屈，眼泪很快滴落下来。

也许，所有的感情，都会在过了保鲜期之后，变得平淡。何况他们远隔千山万水，更会如此。

终于有一天，她感觉到他变了，他们的感情变质了。

她再发信息的时候，他却不太爱回复了。

敏感的她想起曾经听到过的一句话，一个人回复你信息的速度与他对你的喜欢成正比。如果某天你发信息给他，他不予以回复了，那么，就说明他已经不再喜欢或爱你了……

这句话，其实早就扎根在她的心里了。以前不愿意相信，只是缺少印证罢了。

她一个人，再也无心去做许多事情，吃饭也没有了胃口，夜晚也总是失眠。

她在细细地回想，他究竟为何对自己冷漠了起来？

细数这段时间的交往，似乎也没有什么令他不高兴的事情啊。

那么，必定就是厌倦了。他厌倦了自己，他有了新欢！她这样想着的时候，竟然不自觉地又流下了眼泪。

然而，自己是有尊严有骨气的女子。虽然非常爱他，但是倘若他不肯联络自己，倘若他在主动地冷落疏远着自己，她也不可能去乞求他的。

爱情并不能靠乞求来维系，也不能靠刻意地讨好对方来维系。

想到这儿的时候，她听到了耳畔呼啦啦的北风。然而，她站起来，目光眺望窗外的时候，却发现其实并没有风。

天气寒冷，有雪花飞落。那些雪花，渐渐地，越来越大，它们飞舞着，自由不羁。她忽然很想成为一朵雪花，任凭自己，漫天飞舞。

"我的世界下雪了。"

傍晚时分，她在书房晕黄的灯光下，在那个草绿色的日记本中，写下了这样一句话。

眼泪滴落在日记本上的时候，她听到了雪花轻舞的声音，那声音，很轻薄，也很绵软，像是没了力气一般。

她想，或许是因为外面下雪了，所以内心才会涌动酸楚，以及连绵不断的忧伤。

"我的世界下雪了，而他的世界，或许正阳光灿烂。唯有我自己，独自舔舐心头的伤痛。"

她在日记本上，继续写道。

此时，她的眼泪也滴落下来，落在日记本上，然后，她看到自己的日记本上，洇染开了几朵美丽的花儿，它们看起来，美丽且哀愁。

谢谢你曾爱过我

绢是我非常要好的同事，认识好几年，总觉得她是个坚强、自信、快乐且从容的女子。

周末，她邀我去她家做客。

刚到小区门口，就看到了等在那里的绢。

穿一件合身的湖蓝色旗袍，依然戴着那副金丝边的眼镜，依然那么快乐、自信、神采奕奕，酒红色的头发微微卷翘着，看到我在注意她的头发，绢笑着说，早上刚做的发型，好看吧？

进到绢的家，我惊讶了——屋内有淡淡的清香，客厅的沙发上有可爱的毛绒玩偶，茶几上放着她刚刚煮好的咖啡，还弥散着浓浓的醇香，音乐开着，是爱尔兰乐曲，而沙发的边角、茶几的隔层下都摆着好看的盆栽。一盆开着亮黄的小花，另一盆则开着淡蓝的碎花，一簇簇、一朵朵地吐着幽香。客厅的灯光是温暖的、宁静的。听着音乐，搅着咖啡，嗅着花香，一切都是美好、享受的。

绢招呼我后，就系了淡紫色的碎花围裙去厨房做饭。

喝完一杯咖啡，我起身参观她的房间。

我看到，绢的卧室里，有一张很大的写真照，那是一张非常完美的写真照。照片上的绢梳着两条好看的麻花辫，穿着得体的休闲裙，斜靠在古老的城墙下，而黄昏的夕阳正洒在她微微含羞、美丽的面庞上。

我问绢那张写真是很久以前照的吧？那么年轻那么俊美。

绢说："去年照的。"

绢的回答，令我愕然的同时，也令我自惭形秽。多少次，我有着去拍几张写真的想法，然而，却总会在心里犹豫不决："自己这么老了，拍出来也不会满意，还是不去了吧……"此刻，看到娟的写真后，内心里涌动了些许感伤，这是对韶华的追忆，以及对苍老的叹息。感慨年华飞逝、青春不在、时光荏苒、容颜蹉跎……

在南边的阳台上，我看到了许多绿色植物盆栽。圆的、尖的以及细条形状的叶儿，使得整个阳台充满了生机，仿佛一个小小的植物园。那些植物有的接近人这么高，有的则低低地垂着，不与世相争，有几盆是藤蔓类植物，枝蔓正如恋人般缠绕着、纠葛着。

在绢的书房，我看到了一些装裱精美的字画，有古代绝美的侍女，有清幽脱俗的荷，有"快乐人生"的草书，亦有"知足常乐"的行楷。这些装裱精美的字画如绢本人一样——给人分外舒服的感觉，似一株幽兰，兀自吐着清香，在微风中，在细雨里，轻轻摇曳纤细的腰肢，腼腆而甜美地微笑着。

知道绢在十年前就已经离了婚，一直一个人过着。

原以为她的家会阴暗，会凌乱不堪，没想到却处处弥漫着温馨和宁静，有浪漫更有书香的气息。

　　和绢相识的这几年，从未听她在我面前诉说自己的不快乐或者不幸福。她总是微笑着、自信着，也从容着、满足着。

　　忽然，想起我的另一个好朋友，也离了婚，但与绢不同的是，她整天眉头紧锁，整天都忧郁怅惘，愁容满面。只要见到我，准会无休止地诉说她的种种怨恨与不幸，即使不常见面，她也会时不时地打来电话，说些不快乐的事情。

　　而绢，又为什么可以活得这么洒脱、这么快乐、这么从容呢？

　　绢大概看出了我的些许疑问，吃饭时，她说："其实有时我也会寂寞，也会内心彷徨，也会失落，我有过不幸，也遭过坎坷，曾经也一度茫然和难过……但是，后来，我懂得了生活，也懂得了爱情……一个人，即使再苦也要笑，当你以笑的姿态对待生活时，你自然就会快乐。一个人，即便失去了爱情，即便那个你爱的人并不懂得珍惜你，也一定要记得提升自己的品位和素养。不要抱怨生活，更不要痛恨那个转身离去的人。既然曾经相爱，纵然分手，也要对彼此道声'珍重'和'感谢'。既然活着，就不要辜负生命的本真，做个坚强自信、快乐、优雅从容的人。

烟花易冷

小曼最不能忘却的记忆,就是——那年春节,她与陆涛一起去看的那场烟花。那时正是北方最寒冷的时候。也许,更多的恋人,会选择去温暖的室内影院看一场电影。然而,那天,陆涛却约小曼一起去看一场烟花。

倘若,那时的小曼,能够预知,她和陆涛的感情,会在之后的不久,如那夜分外炫丽耀目的烟花般,刹那间散尽的话……或许那天的小曼,就不会答应陆涛去看那场烟花。

十分冷清的冬夜,街头其实也没有多少爱热闹的人出来。

可是,在城南的湖边,却有着一场烟花。

小曼是喜欢烟花的。在她看来,那些五彩斑斓的烟花呀,瞬间绽放,就好像一个女子,在为深爱的人,努力绽放一样。虽然,那些绚烂,只有极为短暂的瞬间,但是,她也是喜欢那个短暂绽放的瞬间的。

那夜,一场烟花的观看,使得她和陆涛的关系,越发地亲近。

寒冷的黑夜,城市的街头早已人迹稀少。偶尔会有几辆疾驰而过的Taxi。还有那些一直闪烁的霓虹灯,眨着精灵般的眼睛,闪亮在城市的大小街巷。

小曼不会忘记,就是在那晚,在他们看完了那场烟花之后,陆涛主动要求送她回家。

她并没有拒绝。因为,在她的心里,其实是期待着这一天的。

正是午夜时分。小曼所租住的公寓已经十分寂静了。

他们互相依偎着走入电梯的时候,彼此忽然有了微微的羞涩。

电梯中的那面镜子里,有两个面色潮红的人儿。虽然面色潮红,但是,却依旧不肯放弃和彼此的依偎。

关上房门的时候,陆涛从背后抱住了娇弱的小曼。后来,便是两人长久的身体纠缠。

第二天中午,冬日明亮的阳光透过卧室厚厚的窗帘照射进来。

这时,他们才起床、洗漱。一起吃午饭的时候,依然不肯离开彼此。

那时的小曼,总觉得自己像一条蛇,想要缠绕住陆涛。紧紧地缠绕住他。

那顿午饭,是陆涛抱着小曼一起吃的。

多年以后,小曼和陆涛,大约都会回想起那天他们分外亲热的场景吧?

不管多么炽烈,但还是得分开。

春节后,陆涛必须要出公差一段时间。

当陆涛告诉小曼他要出差的时候，小曼的眼泪，忽然就溢出了眼眶。她十分不舍地抱紧了陆涛。将自己的眼泪，胡乱的抹到了陆涛的脸上、身上。

陆涛并没有因为小曼的不舍而有丝毫的犹豫。他还是非常坚定离开了。

陆涛离开这座城市的时候，恰好天空下起了一场雪。

小曼送陆涛去机场，一路上她都沉默着。

机场的空地上，一地的白雪。

小曼假装愉悦地说："怎么看，这纷扬的雪花呀，都像是哭泣的我。为了你，陆涛，我哭得眼睛红肿，我把自己化成了片片飞扬的白雪，飘啊飘啊……陆涛你记住，无论你走到哪里，我小曼都会跟随着你……"

小曼在这个北方城市中耐心等待陆涛的时候，她怎么也不会想到，此时，远在南方城市的陆涛，已经黏上了一个江南的女子。

陆涛后来没有再联络过小曼。

小曼疯了似的找过他许多次。

然而，他却换了手机号码，换了工作，搬了家。

是不是，所有的男人都像陆涛这样呢？……

小曼，对爱情彻底绝望。

许多个长夜，她难以入眠，然后，会坐起来，孤寂落寞地在手指间夹上一根烟,把留声机的音乐打开,听那流水般的音乐,如泣如诉……

她的卧室,倒出充斥着流水般哀伤怅惘的乐曲,以及袅然弥散的烟雾。而那个躲在感伤乐曲和烟雾背后的女子,看上去,越发显得凄凉,似乎有许多的疼痛,正如蠕虫般,爬满她的全身。

当然,若干年后,小曼在回想起当年自己与陆涛的这段感情时,也还是会认定——他,陆涛,当年是爱着我的。虽然,我们的爱情,短暂如烟花。

也许,世间有许多爱情,都是这样令人感伤的。一如小曼的爱情——绚烂,短暂。

如果,你们轰轰烈烈的爱了一场,最后那爱情一如烟花般散去……请不要哀伤,也不要哭泣,一场爱情的散场,只是为了下一场爱情的到来!

应付爱情

斌约雪吃饭的时候，雪正烦恼着，心情极其低落，因为那半年内的两场爱情。

五月蔷薇花刚开的时候，雪认识了强。彼此对对方的最初的印象都是极好的，便正常交往起来了。

七月的时候，雪已经确定自己爱上了强。

那个炎热的夏夜，只要入睡，便会做梦。在梦中，总是有强的身影。

雪后来把自己的梦告诉了强。强起初很幸福地微笑。但后来的某天，雪发现，强的笑容里，有了不屑和得意。

或许，当真正爱上一个人时，是不该过早地告诉他，你内心所有的想法，他有可能会因此觉得对你无所不知，而不屑和得意起来。

而雪，大约正是因为过早地告诉了她对强的喜欢，才导致了强的不屑和得意，最终加速了这场爱情的散场。

强是在骄阳似火的七月末提出分手的。

那时候，强认识了一个女孩子，便找了个借口，说要分手。

当然，雪并没有要死要活的。

雪瞧不起那些因为男人便要死要活的女子。她只是很平静地转身，然后，丢下一句——我也正要告诉你，我也喜欢上了别人。

至此，雪和强彻底不联系，成了陌路。

雪其实没有喜欢上别人。她只是为了维护自己的尊严，才抛给强那句话的。

但，雪确实哭了，也痛了。心几乎要碎掉了。

九月初的时候，江走进了她的生活。

这时候的雪，已经对上一场爱情淡然了许多，也正想投入新的恋情中。

江十分儒雅，戴着眼镜，总是温文尔雅。

十月的时候，雪发现自己已经陷入了江的情网之中。

也罢，也罢。

她后来想，陷入就陷入吧。这场爱情，总不会像上场爱情那样，短暂的欢愉过后便散场吧？

雪那时并不能预知，其实，她和江的这场爱情，也是短暂的。

十一月的时候，天气已经冷了起来。

一天，江打来电话，说自己必须要回趟老家。

雪送江到机场的时候，一路都在叮嘱他，回去了好好和父母谈谈，处理好事情之后，就速速返回。

江拥抱、亲吻着雪，并且答应得十分干脆。

江说他的父母，在老家给他定了门亲事。所以催促他速速回家相亲。

令雪没有想到的是，江在返回老家后，就再也没有消息。

雪当然不会相信江会欺骗她的感情。然而，事实却是，江的确欺骗了她的感情。

江其实早已成家。他之所以匆忙着赶回家乡，是因为他的妻子为他生下了一个胖小子。

江从那以后便人间蒸发了。

北方寒冷的严冬，恰是雪最难熬的日子。不但身体冷，连心呀，也是碎了的，寒冷得厉害。

那个冬天，她几乎没怎么出门，总是一个人在房间里，发呆、落泪。饿了，就吃速食面，渴了，就喝杯白水，冷了，就把空调开着。

也是在那时候，雪学会了吸烟。

有时候，在半夜她一个人坐起来，只披件睡衣，点上了一根烟，独自吸起来。黑漆漆的夜里，她指尖的烟头明明灭灭，像极了黑夜里忽隐忽现的带了鬼气的火焰。

新年的时候，雪回老家。

在从老家返城的车上，她认识了斌。同是家乡人，却邂逅在返城的车上。也许，之前他们就曾搭乘过同一班车，只是那时候，并没有机缘认识罢了。

　　有些人，他出现在你面前，不会早一步，也不会晚一步。

　　后来，雪想，斌出现在她的生命里，就是这样。但那时的雪，并不能接受热情善良的斌。

　　斌对雪很好，常常会在闲暇的时候，过来看望她，给她买许多她爱吃的水果，陪她逛街购物，甚至，还为她买过几次卫生棉。

　　雪不是没有感动过。只是，她仍旧放不下过去。因为，在她的心里，仍然有着江的影子，偶尔也会有强的身影忽隐忽现地闪过。

　　当她把自己压抑在心中的烦恼，倾吐给斌的时候，斌并没有埋怨，也没有疏远她。

　　他依旧给她买水果、陪她逛街，甚至是替她买每个月用的卫生棉。

　　后来，在一次吃饭的时候，雪终于流下了眼泪。那是感动的眼泪，也是有些许歉疚的眼泪。

　　雪流着眼泪对斌说，对不起，对不起……

　　而斌，只是微笑着说，我理解的，雪。

　　或许，当经历过一场场恋爱后，我们会身心俱疲，会难以应付新的爱情。倘若此时，你恰好深爱着我，那么，请你原谅。

　　所以，雪对斌不止一次地说，请你原谅，请你原谅。

爱，就要大声说出来

寒冷的冬天，我病了，住在医院，闻着浓重的医药水味道，眼睛只想落泪。

大夫说："姑娘，打起精神，否则就要在医院多待些日子……"

我没说话，其实，只有我自己知道，自己的病因在哪儿。

我是因为想念羽，才会生了这场病，才会住进医院。

夜里，我不能入睡，心也跟着疼。羽的影子无时无刻不在眼前浮现。

我知道，自己终究是不能越过这道爱情防线了。自己的爱情，是时候该表白了。

失眠的夜里，我独自一人傻傻地想念着羽。那些我们共同度过的美妙时光，以及羽的每一个表情、每一句话，甚至每一个手势都深深地刻进了我的脑海和心间，怎么都无法剔除。

羽走的那天，我一直送他到机场，看着他的身影渐渐地淡出视线，最终，化为一圈又一圈爱的涟漪，荡漾在心湖。

模糊的视线中，我看到了羽最后的转身。他的心中应该也蓄满了某种情感，所以，他的那个转身才会那样深情！

羽走了，在飞机起飞的那刻，他走了。

一觉醒来，已是次日中午。阳光正热烈得刺眼。悄悄取出藏在枕头下的照片，那是和羽一起郊游时我偷拍到的。照片上，羽的笑容灿烂，洁白整齐的牙齿在阳光下愈加得亮白。

羽在对着我笑。是的，照片中的他的确在对着我笑呢！

眼睛一片潮湿，我又淌下了思念的泪水。

"我爱你就像老鼠爱大米……"熟悉的手机铃音，这是羽为我设置的短信铃音，当时并没感觉有多么好听，可是现在，这铃音真的很好听！

懒猫，我到澳洲了。一切都好，勿念。

是羽发给我的信息。只有短短的两行字，却使我落了泪。

准备给羽回信息时，忽然打了一个喷嚏，然后就是鼻塞、头痛和发烧，再然后就是被闺密送到了这家医院。

从昏睡中醒来时，闺密一直大笑不止。我纳闷。

"你的羽去了澳洲，为什么你直到现在都不肯对他表白？傻瓜……"

闺密后来再说了些什么，我浑然不知，只隐约记得她笑我在昏迷中还一直喊着"羽……羽……"

闺密离开医院后，我不能克制心头的思念，痛哭起来。

其实，那刻比思念更浓烈的是懊悔。

羽去了澳洲。不知他何时才能回国,更不知他在异国他乡是否会邂逅更好的女同学,然后一起学习和生活……

我的心里一阵隐痛。

和羽同窗四年,彼此都十分了解。也知道彼此是相爱的,只是,谁都没有捅破那层窗户纸。

羽走后,他的好友过来看我,说,其实羽是喜欢你的,我们为他饯行时,他喝多了,哭着说:"我喜欢小篱,爱着小篱,很舍不得小篱……"

或许羽是真的喜欢我,可是,我要的是长长久久的爱情。大学四年,我了解羽,也知道自己想要的是什么样的爱情。所以我始终没有对羽说出"爱"字,身边有太多朋友轻率地说出了"爱"字,却最终无法承载这"爱"字的力量,只好伤痕累累地告别了甜蜜浪漫的爱情。

与其这样,倒不如让最美好的情感隐藏在心底,也许,它会一直美丽,永不褪色。

也许羽也是这么想的吧?我们最终谁都没有和对方说"我爱你",甚至连"我喜欢你"都不曾说过。

虽然如此,但是和羽在一起的所有时光我都永远会清晰记得。而羽,或许也是一样……

我记得,一次去看海,我们牵了手,并肩在沙滩上走了很久。一起看潮涨潮落,一起听海水拍打岩石的声音,一起弯腰触摸脚底那柔软细碎的沙子……

我也清晰记得,那天,羽对着那片嫣红的晚霞说:"要带你去看流星雨,一定要去的!"

带你去看流星雨……

多美的一句话啊!知道吗?羽,我很期待这一天呢。

然而,现在的我们,已经远远相隔了,那最美的话语只能是一种遗憾的美丽。

出院的那天,我做了个很美的梦。

梦里有羽,也有我们的流星雨。

我依在羽的肩头,我们在看流星雨。天空是深蓝的,缀满了亮晶晶的星星,羽指着其中两颗最亮的星星说——瞧,那就是你和我。然后,我们看到了流星雨,它划过深蓝的天空,然后悄悄地在我们身边绽落,而它在空中划过的路线,恰好是"LOVE"。

梦醒时候,我收到了羽发来的又一条短信,他说:"懒猫,还记得我说过,要带你去看流星雨吗?"

"羽,我喜欢你,喜欢和你一起去看流星雨。"

我的短消息回复没一会,羽就发来了一颗"心"。

再见面时,我们一起去看流星雨啊,那时,我一定要说——我爱你,羽!

心里这样想着的时候,我仿佛已经看到了英俊帅气的羽,而我,在和他说着一直都埋藏在我心底里的——爱的告白。

破镜难重圆

"请你别再伤害我。"

Lamp,这是直到今天我才狠下心来决定一定要和你说清楚的一句话。其实,这句话我是真的不想对你说。

我曾经一直以为我是你最在乎的女人,是你手心里永远璀璨的宝……

原本以为,任时光匆匆流逝,你也不会改变当初爱我的决心。

但是,当曾经的爱恋和欢乐烟消云散之后,我才蓦然发现,其实自己想错了。

曾经,我总以为自己在经历了感情的多次洗礼之后,会变得很坚强,会不再受到感情的伤害。

然而,那天,就在那天,就在我接到了你突然打来的那个电话之后,我又一次地受到了你的伤害。

我很后悔接听了你的电话,因为,这个久违了的电话闹得我心绪烦乱。

Lamp,其实,你真不该打来这个电话的。你这个电话打来得不是时候。

早几年，我其实一直在等待着你的电话。可是，那些难耐的等待却一次又一次地使我黯然神伤。

在我已经重新接受并开始了一段新的感情时，Lamp，你却意外地打来了电话。

Lamp，你可知道，你打来电话的这个时刻，正是我和Lin的感情进展最为快速的时期，而这个时候，同时也是你的身影已经渐渐淡出我的视线和心里的时候。

Lamp，虽然，曾经我是那么深爱着你，你也是那么深爱着我。虽然，曾经我们一起幸福地牵手，一起享受甜蜜的爱情，一起憧憬未来属于我们的美好生活……

但是，一切有关爱情的美好都是在瞬间就幻灭了的。

Lamp，那天，你对我说，你要走了，并且要走得很远、很远。

我当时是怎么都不能接受这个事实的。

你说，你是要去国外了，是久居国外的姨妈要你过去的，并且也已经给你安排好了以后的生活。

我勉强听完你的话后，哭得更加伤心，更加悲切。

最后，你竟然很坚定地说："我已经不再爱你了！"

即使，当时的我已经哭得像个泪人，你也还是冷漠而残忍地推开了我。

"我根本就没有爱过你。"

"一直都是你在自作多情……"

Lamp，这些都是你当时对我所说的话。

Lamp，那过去了的，你出国之前的一幕幕依然清晰地印在我的心间。

时光在斗转星移中匆匆流逝，虽然已经过去了好多年，但是直到今天，我还依然清晰地记得那天你的表情以及那天你所说过的每个字，并且，这些话语是我今生都不会忘记的。

因为，你的那些话深深地伤害了那时的我。并且，残忍地击碎了我的那颗对爱情充满了憧憬和渴望的心。

这以后，我不再轻易相信"爱情"。

直到后来，Lin 的出现才重新唤起了我对爱情的热切渴望。

而当我正痴迷陶醉于和 Lin 的这段感情时，不想，你却又意外地出现了。

那天，你在电话里一再地强调，其实，漂泊了这么多年，你最爱的人还是我……只是当初，你太年轻，还不懂得珍惜一个人是多么的重要。

你还说，其实这些年，你也很痛苦，因为失去了我。

挂掉了这个电话，我陷入了矛盾和痛苦之中。

怎么会这样呢？难道是命运在故意地捉弄我？

Lamp，其实，静下心来想一想，你确实是我曾经最喜欢最难忘的男人。

想一想,在你去了国外那一年的时光里,自己是多么的难过,度日如年,连活着都乏味无趣。

曾经因为你,我甚至想要结束年轻的生命。

最后,在时光的流逝中,我渐渐地将对你的爱转变成了恨,再后来,自己竟然也学会了遗忘,学会了遗忘生命中的很多,包括你——Lamp……

但是,说句实话,对你的遗忘,其实真的是我在自欺欺人,纯粹就是我在自我麻痹而已。

当 Lin,出现在我的世界并痴痴地欣赏我时,Lamp,我才恍然从你的影子中走了出来。

然而,即使我已经走出了你的影子,我的心里依然还潜伏着隐隐的疼痛。

无奈,我在心里对自己说,忘掉你吧,即使你再怎么在我的面前忏悔……

于是,我冲着 Lin 笑了。我和 Lin 依旧像以前那样,相依相伴,彼此难以分开。

虽然我和 Lin 总是如影相随,但是,我发现许多时候,我的心里依然会有你的身影。Lamp,你的影子,好像总也抹不去……

在你的影子总是出现在我的脑海和心里的时候,我有些迷茫。

Lamp，我感觉自己还是很爱你的，我有了一种想和你破镜重圆、重归于好的冲动。

可是，如果我这样做了，又怎么面对爱我的 Lin 呢？

我怎么能伤害这段感情中最无辜的 Lin 呢？

我矛盾极了，Lamp，在你突然出现的这段时间里。

经过一段时间的痛苦挣扎，我拨通了你的电话。

"我不能原谅你，你还是忘了我吧。"我仍旧温柔地说。

"我会一直等着你的，会一直等你的！"

"请你别再伤害我！"我突然有些情绪失控地冲你嚷道。

但在冲你嚷完了这句话后，我却哭了。

泪水渐渐止住时，似乎，有种莫名的释然缓缓包裹了我。

然而，那天夜里，我却又哭了，并且哭得很伤心。

Lamp，我的心里明白，其实，你和 Lin 我都深爱着，也都舍不得。你们都在我心里占有一定的分量。你们，我都不想去伤害，特别是 Lin。

Lamp，其实那天，对你说"请你别再伤害我"，并不是我的本意。

其实，在我的心里，始终还是最爱你的，虽然，你曾深深地伤害了我。

可是，我不能伤害那个一直很爱我的，无辜的 Lin。

因为，我经历过被所爱之人伤害和抛弃的滋味，那种滋味太难熬。

Lamp，无论怎样，我还是希望你能够原谅我，因为，此时，我也伤害了你。

Lamp，"请你别再伤害我"，这其实并不是我的真心话，这只是我为了不伤害 Lin，才狠下心，这么对你说的。

或许，在很多年之后，你依旧不能理解和原谅我对你所说的"请你别再伤害我"但是，亲爱的 Lamp，我还是希望有一天你能够原谅我。

我之所以这么冷酷地对你说"请你别再伤害我"，其实，更多的是不想再让 Lin 去经历我当初所经历的彻骨疼痛。

无论你何时才能选择原谅我，Lamp，我都会静静地耐着性子，认真地等待。

我是圆圆。那个你曾经深深爱过的女子。Lamp，最后，我还有一个请求，请你别忘记我，以及我们的曾经！

爱真的需要勇气

女友藤子是个文弱清秀的女子,然而,外表文弱清秀的她,却有着非常坚定的毅力和耐性,一段爱情,终于在她的执着坚守下,开花并结果。

说起来,那还是十年前的事情呢。

十年前,藤子喜欢上了木子。他们是在一个朋友的Party上认识的。

藤子说,那是四月的春天,春光明媚,繁花盛开。喜好安静的她不太适应Party的喧嚣和热闹,于是便离开了一会儿。她去朋友的花园中漫步,恰巧,就邂逅了木子。

或许是缘分,或许是两人本就是性格相近的人,都喜好安静,不喜欢吵闹。

他们并不知道,原来彼此参加的是同一个Party。

当藤子正对着一树繁花出神,想到繁花虽好,但生命却很短暂,不免心里生出些许淡淡的忧伤。她总是这样,自小便有林黛玉般的多愁善感,喜欢一切美好的事物,却又常常会忧伤和怅惘。

木子走过来,见她独自对着一树繁花愣神,神情怅惘,便主动同她说话。

"你也喜欢这些花吗？"

这是木子问她的问题。藤子后来对我说到这儿的时候，面庞竟然泛起桃花般的微红。

"是啊是啊……"藤子自然而然地回答木子。

于是，他们的相识由此开始。一切都是顺其自然的，从他们的邂逅到后来的相知和相恋。

木子牵着藤子的手一起漫步，两个人一起逛街的时候，会引来路人羡慕的眼光。

所有相识的人，都说："他们可真是般配啊！"

藤子也总是在心里期盼，期盼他们的爱情能够天长地久。

甚至，许多个夜晚，藤子做梦，梦见了他们的婚礼。那婚礼，是气派奢华的。身披洁白婚纱的她，看起来就是这个世界上最美丽的新娘。不，藤子在梦醒后想，不是看起来，而是，就是呀！

藤子这样在心里一再肯定的时候，也不自觉地笑出了声，她的双颊滚烫，像是烧成了朵朵桃花。

藤子感觉到了自己双颊的滚烫，于是，便起身去照镜子。

镜子里的自己看起来更加美丽了。可不是嘛，那面庞，粉嫩绯红，像是涂过胭脂的效果，甚至还要胜于胭脂的效果。

藤子在镜子前不由磨叽起来。她舍不得离开那面镜子，因为，似乎自己也没有见到过如此美好的自己。

　　从此，藤子就在心里认定了，木子就是自己生命中唯一的白马王子。

　　他们相处有一年了，但是木子仍旧没有对藤子表白。

　　他们只是常常一起散步、看电影、逛街或者去图书馆看书。

　　藤子一直在心里等待着，等待着木子对自己说："我爱你！"

　　然而，木子却始终都没有对她说这三个字。

　　看似在恋爱的两个人，并不在恋爱。

　　恋爱的人，会更加亲密更加甜蜜吧？他们会拥抱、亲吻……也许，还会有肢体上的亲密接触吧？

　　藤子在寂静的夜晚，一个人失眠的时候，常常会这样想。而想到这儿的时候，仍旧会面庞绯红，心跳加速。

　　藤子知道自己依然还会等待，等待木子对自己的真诚表白。

　　两年后，木子仍旧没有对藤子表白。

　　藤子有点忧伤了。她想，或许，他并不喜欢我，或许，他一直就是在拿我当备胎……

　　但是，有些时候，藤子又会觉得是自己把事情想得太过复杂、太过悲观了。或许，木子就是一个不太会表达的男子，而自己，又为什么不主动一些呢？

　　藤子这样想的时候，很快就做出了一个决定。

一个暮春的黄昏，他们在公园漫步的时候，藤子主动拥抱了木子，甚至，她还主动亲了木子。

在她拥抱亲吻木子的时候，她感觉到了木子的心跳，剧烈，非常剧烈。

而她，藤子呢，又何尝不是如此？

"我喜欢你！我爱你！"藤子说。

藤子后来对我说，我知道，在我对木子说"我喜欢你！我爱你！"的时候，我敢肯定我的脸颊是绯红的。要知道，木子是我的第一次啊！

木子在听了藤子的表白之后，似乎有点意外，但又似乎有点欢喜。

"我主动拥抱亲吻木子的时候，木子并没有拒绝。这说明，木子就是喜欢我的……"

藤子继续对我说道。

然而，第二天，木子却发来手机信息给藤子。说，我们不太合适。

木子的信息如此简洁，但又似乎藏着没有说完整的话语在其中。

藤子哭了，但是，却仍旧不肯死心。

一天后，藤子再次找到了木子。她想知道答案。究竟两个人哪里不合适？

木子后来给出的答案是：我比你小一岁！

木子就此冷漠了藤子。

藤子却并不肯死心。她想，木子就是喜欢自己的，只是因为自己比他大一岁而已。只是因此，他才不太能够接受……

木子调离了他们的城市。他写信给藤子，说公司派他驻外，去上海，不知道要多久。

信里，木子没有再多说什么。

木子在逃避这段爱情，也在冷漠的疏离着藤子。

当藤子终于在办公室里哭出声音的时候，同事们都劝她："算了吧，放手吧。"

然而，藤子仍旧不肯放手。

她想，木子是喜欢我的。他是我的初恋，也是我唯一的白马王子，我爱他，我一定要嫁给他！

这样想的时候，藤子已经拿出了几张信纸。她决定给木子写信，她一定要让他回到自己的身边。

藤子给木子写信，不是一封，而是二十几封。

起初，木子并没有回信。但是后来，当藤子的信写到第十二封的时候，木子终于给她回了一封长长的信。

信里面，木子说："好啦，我们相爱吧！我想，我们都该珍惜这场爱情！"

藤子流着眼泪看完木子的回信时,已经是凌晨一点了,这个文弱清秀的可爱女生,在这个时候,在我已经入梦的那刻,打电话给我。

　　说实话,那刻,睡意正浓的我真想对她翻脸。

　　但是,听到她在电话那端爽朗的笑声,我终于还是忍住了。

　　我也笑了起来,我们俩都在电话中欢笑起来。

　　夜,静悄悄的。挂断电话,我在心里为他们祝福。

　　半年后,藤子和木子结婚了。

　　婚礼上,藤子果真和她梦里的一样,身披洁白美丽的婚纱。那天,她是这个世界上最美丽的新娘!

　　而今,藤子和木子的宝贝女儿已经读小学了。

　　前一阵看到藤子在微信朋友圈中晒他们的全家福,一家人幸福快乐的样子,可真是让人羡慕嫉妒呀!

　　看着这样幸福快乐的一家人,我想,倘若藤子当初没有坚持这场爱情,那么,又怎么会有如今的美好结果呢?

记录爱情

阿丁有一个喜欢记录的习惯,她喜欢记录生活中的点点滴滴。

在她和亮子恋爱的时候,她也保持着这个习惯。

有天,她打电话给亮子,说自己在文具店里买了几支笔和几个十分漂亮的日记本。

"我要记录下我们在一起的点点滴滴!"

阿丁在电话中这样对亮子说着的时候,觉得分外幸福。好在亮子也是个十分细腻认真的人,他听到阿丁说要记录下他们在一起的点点滴滴,也非常赞同。

于是,阿丁便开始了非常认真仔细的记录,这场记录,仅仅只关乎她与亮子的爱情。

3月3日。亮子约我一起放风筝。早春的风有点大,吹到脸上,有点隐隐约约的疼。但是,我却是欢喜的。因为,因为能够和亮子一起放风筝,就是一种难得的快乐。

3月20日。这天,我和亮子去公园玩。公园中的许多花儿都开了。在我细看那些花儿的时候,亮子为我抓拍了一些照片。公园中游人蛮多，我想，大家都和我们一样快乐。回家后，我看了亮子为我抓拍的照片，自然漂亮，我十分喜欢。

4月15日。今天的天气暖洋洋的。这是春天十分美好的日子。我和亮子骑着单车去郊外，一路上，我们不时停下单车欣赏春色。亮子为我唱了他喜欢的歌曲，有几首也是我喜欢的……这一天，我们玩得十分快乐。

5月15日。今天是我的生日。亮子请了假，特意过来为我庆祝生日。虽然他送给我的礼物只是一个漂亮的口杯，但是我也很高兴。我和亮子去蛋糕店选了一款蛋糕。亮子为我唱了生日快乐歌……这天注定是个美好且难忘的日子，我会永远记得！

6月12日。亮子说他要回家夏收了。亮子家在距离省城不远的东边，亮子家分有几亩地，我也要求和亮子一起回家。我说，我也要去麦地里收麦子哩。但亮子却不同意。他说，麦子地里的麦茬子很锋利，我舍不得你去，不小心会割破你的脚丫子……所以最终我没去。不过，并无遗憾，相反，我心里甜甜的，因为从亮子的那句话中，我感受到了亮子对我的爱。

7月6日。这天清晨，我和亮子一起去了菜市场。我们一起挑选了爱吃的食材。亮子说，他要给我露一手。亮子很会做饭，今天的这顿午饭，我可是期待很久了。亮子果然没有让我失望，他做饭真的很好吃。我喜欢吃他做的麻婆豆腐、西芹百合、烧茄子和蒜泥黄瓜。当然,亮子做的红烧排骨也很好吃,只是,我偏爱素菜而已。

8月16日。今天,亮子骑摩托车载着我进山了。我们去了山里的森林公园。公园中游人极少,很凉快。我们坐在溪水旁聊天,我甚至还把自己的脚丫子放进了溪水中。溪水轻缓地淌过,唱着欢喜的歌儿,而我,像极了一个快乐幸福的小女孩儿。

9月3日。这天亮子开车带我去了一家葡萄庄园。亮子听同事说这家葡萄庄园的葡萄面临滞销,所以,他决定带我去采摘葡萄。我们采摘了几十斤葡萄,亮子多给了葡萄庄园的老板一些钱。我并没有埋怨亮子,因为我知道,他有一颗柔软善良的心。我更知道,我和亮子在一起,肯定会幸福的。

10月1日。今天我和亮子去参加我的闺蜜小粒的婚礼。看着婚礼上美丽的小粒,我忽然有了想要结婚的冲动。婚礼上,我偷偷地观察亮子,发现他也十分激动。我想,也许他和我怀了同样的愿望吧!这辈子,我希望能够和亮子在一起,永不分开。

11月18日。今天是亮子的生日。亮子忽然变得像个小男孩了。他要我陪他看电影。他说想吃爆米花,还让我买给他……像极了一个小男孩儿,不过也蛮可爱呢。其实我知道,亮子是在借着生日,向我撒娇。不过,我并未戳穿他。我懂他,也情愿为他做很多事情,只要他快乐。

12月22日。今天是冬至。亮子中午从单位赶了过来,手里拎着一份饺子。他笑着对我说，尝尝吧，这是我亲手为你包的……我尝了一个，味道果真十分鲜美。后来，亮子陪在我身边，看着我吃完了那些饺子。我边吃边对亮子说，好吃好吃！亮子特别开心，说明年冬至还会给我包饺子。而我更希望，在我们结婚之后，他也能常常包饺子给我吃！

1月12日。今天又下雪了。黄昏时分，亮子来接我下班。他穿着很厚实的咖啡色棉袄，哈哈，看起来有点像小笨熊……我们去了附近的一个公园，亮子和我一起打雪仗、堆雪人。后来我们还一起手拉着手滑雪。不过，我却摔倒了，我佯装很疼，也佯装哭泣。亮子不知道我是在佯装，他走过来抱着我，为我擦拭眼角的泪水……那刻，我的眼角果真有了眼泪。而我知道，那是因为感动和爱呀！

2月8日。今天是除夕。我和亮子并不在一处。亮子回老家了，而我，却在省城的家里。傍晚一家人围着桌子吃团圆饭，而我，十分想念亮子。或许真是心有灵犀一点通吧，就在我最想念亮子的时候，就在我因为想念亮子而流下了眼泪的时候，亮子打来了电话。电话里，亮子说，丁丁，我爱你，我很想你！而我，也对亮子说了同样的话……

阿丁和亮子的婚礼上，他们共同念了上面阿丁所记录下来的他们的爱情点滴。每个月只挑选了一段来念，却仍旧令全场的宾客感动。

　　大家在感动的同时，也真诚地为阿丁和亮子祝福。祝福他们的爱情地久天长，祝福他们白头偕老！

第三辑 / 我想成为你的骄傲

爱情的魔力或许就在于它能够让人颓废也能够让人奋进。好的爱情能够让彼此共同进步,共同成长,从而成为更优秀的自己!

甘愿为你，低到尘埃里

爱上他的时候，我觉得，自己是幸福的。

渴望着那些和他在一起的日子，虽然，我们相隔千山万水，也始终没有见过一面。

我很在乎他，每天都希望能够得到他的消息。

即便相隔万水千山，也并不能够阻断我对他的一往情深！

每天，我都会为这段爱情，写下一篇日记。那些或长或短的日记，都是我的心里话，我想，或许某天，或许就在不远的将来，他会看到我的日记。这里面，可都是我对他深情爱恋的真实记录呀！

在我与他的信息联络中，我知道，他也是喜欢我的。但是，他太过骄傲。他并不肯主动与我联系，主动说出藏在他心底的情话。

有些时候，喜欢一个人，就是这么奇怪。明明也知道作为女子，在爱情里面本不该过于卑微的。然而，却因为喜欢他，深爱他，而情愿将自己一再地放低、再放低，卑微、再卑微。

民国才女张爱玲在爱上胡兰成的时候，情愿把自己低到尘埃里。而我，也一样啊！

又有哪个女子，能够在真爱一个人的时候，做到高傲呢？如果她真爱着那个男子，那么，她也一定会如我这样，情愿，把自己卑微下去。

他住在我的心里。

而我，也会住在他的心里吧？

我常常这样想，他的心里，只给我留下一小片的空间，就足够了。只要他的心里有我的位置，即便只是一小片的空间，也是好的呀！

因为爱他，所以，他在我心中占据着最重要的位置。而至于他能否在心中给我也留下最重要的位置，我并不会在乎。

因为深爱着他，所以，我能够理解他！

我能够理解他在心中给予我的位置，多少都没关系。

也因为深爱着他，所以，我情愿如此卑微地住在他的心里。

即便是他只会偶尔想起我来，我也是欢喜、快乐的。

虽然，很多时候，在我想起你的时候，也会有小伤心、小难过，但是，很快，我就自己开导了自己。

我对自己说，嗨，别再哭泣，也别再难过。既然深爱着他，那么，就由着他吧。只要他的心里，还有你的一小片空间，你就要知足。

我还能要求些什么呢？

或许，爱情就是这样。

没有谁欠谁的。只有喜欢和不喜欢。

他不欠我什么，虽然，他心里所装载的我的分量，并不如我心里所装载的他的分量那样多，但是，我不觉得这不公平。所以，我不会抱怨什么。

因为喜欢，因为深爱，所以，我心甘情愿地接受他给予我的那些微小的爱。

某天，偶然听到这样的一句话："两个人相恋，爱得最深的那个人，其实很傻。"

我在心里反驳。

我最爱他，但是，我并不傻。

也许，在他人眼中，我是有点傻。因为，情愿为了他而付出更多。但是，在我自己看来，我并不傻。

不傻，我一点都不傻，我大脑聪明、工作业绩也挺好，我还很孝顺、很懂事。

我只是对他过于在乎，过于痴情罢了。

爱情中的付出，又何必要计较这么多呢？

我住在他的心里，即使卑微，但是，也是能够令我愉悦和满足。

我希望被他想起，也希望被他呵护。虽然，我们彼此相隔千山万水。

我想，倘若他想起我，他也会呵护我，也会每天多几条信息，多些嘘寒问暖。

然而，他却仍旧没有，主动地给我信息和问候。

于是，我还是很卑微。

我贪恋着远方的他。更希望来世做他喜欢的那个人，被他爱着，呵护着。而不只是十分卑微地喜欢和爱着他……

我是小薇，他是阿南。

我喜欢他，我深爱着他。

我情愿一直卑微地住在我的阿南心里。

沉迷

尘世中，总不乏一些痴情的女子。

她们沉迷于一段爱情中，久久不愿醒来。

甚至，最后，会因忘却伤了自己。会连自己的性命都抛弃。

闺蜜小A为了那个最爱的森，后来，竟然疯了。

她住进了疯人院，是被爱她的家人、朋友一起驱车送去的。

那日，我去看她。可她，却并不认得我。只是嘴里还在呼喊着：森，森……

然而，那个森呀，却早已辜负了她。

森娶了富家女，过着分外平静奢华的生活。

当然，森也是知道小A对他的深情。甚至于，她的发疯。然而，那又怎样？

森，那个曾经对小A有过誓言，有过承诺的男子，最终还是，负了无比痴情的小A。

小A是在两年前离世的。

那日，她也刚刚从疯人院出院不久。黄昏时分忽然地清醒，在寻觅不见森的情况下，她喝下了一瓶农药……

最终，小 A 告别了这个世界，带着永远的痴情和悲痛，离开了这个喧嚣的世界。

我在北方寒冷的冰雪世界中，独自一人漫步。忽然，就想到了小 A。

我不知道，另一个世界的她，是否安好？是否还在惦念着"她的"森？

忽然，一阵凛冽的北风呼啸而来。

这时，我又突然想起了汉代才女卓文君。

汉代才女卓文君，沉迷于司马相如的情感中。一生情愿为他写下情感真挚的动人诗篇，只为他一人而写。虽然，他三番五次地负她，但是她，依旧跟定他，深爱他。在他离开之后，刻骨铭心地怀念他。

这，不能不算是一个人于另一个人的沉迷。

十分执着的沉迷。

然而，这样的沉迷，是喜，亦是悲。

当年，尚且年少的司马相如到卓文君家中做客，席间，他弹了一首《凤求凰》：

凤兮凤兮归故乡，遨游四海求其凰。
时未遇兮无所将，何悟今兮升斯堂！

有艳淑女在闺房,室迩人遐毒我肠。
何缘交颈为鸳鸯,胡颉颃兮共翱翔!
皇兮皇兮从我栖,得托孳尾永为妃。
交情通意心和谐,中夜相从知者谁?
双翼俱起翻高飞,无感我思使余悲。

就是这首《凤求凰》,让躲在帘后偷听的卓文君芳心大动,双颊绯红,不顾一切地爱上了他,并果断跟他私奔。

在司马相如被皇帝召走后的那段时日,卓文君遭受冷落,并含泪写下了《怨郎诗》:

一别之后,
两地相思,
只说是三四月,
又谁知五六年,
七弦琴无心抚弹,
八行书无信可传,
九连环从中折断,
十里长亭望眼欲穿,
百相思、千系念,

万般无奈把郎怨。
万言千语说不完,
百无聊赖十依栏,
重九登高看孤雁,
八月中秋月圆人不圆,
七月半,烧香禀烛问苍天,
六月三伏天,人人摇扇我心寒,
五月石榴如火,偏遇冷雨浇花端,
四月枇杷未黄,我欲对镜心意乱,
三月桃花随水转,二月风筝线儿断,
噫!郎呀郎,巴不得下一世你做女我做男。

卓文君与司马相如的最后十年,是平静相伴,始终恩爱的。
然而,有天,司马相如却先卓文君而去。
于是,便有了这首传为卓文君所作分外凄凉的《雨霖铃》:

风雨凄切,对古道亭,青空万丈,问君何处无绪。
只数情,留恋处,芳草无声。
心酸头昏泪眼,无人来牵念。
念去郎,万里烟波,朝雾漫漫随波荡。

多情自古难别离，怎堪那，冷落愁滋味。
曾经凤凰何处？凤求凰，已是回忆。
黄花已落，此时良辰有怎奈何？
总有那刻骨柔情，又对何人说？

悲痛不已，含泪写下《雨霖铃》的卓文君在司马相如离世后的第二年，便追随司马相如而去了。

也许这个世间的爱情，对男人而言是可以重复再来的游戏，对女人而言，却是一生一世、永不离弃的生死相许！

沉迷于一个人。

沉迷于一段情。

是喜，也是悲。

放不下

周末，同事们相约一起去丹江漂流，然后再去金丝峡大峡谷游玩。

短短两天时间，我却觉得无比漫长。

虽然，一路上车子经过的美景美不胜收，但是因为离家，因为挂念着家人，许多美景也没能入眼。

总是在相伴的时候，抱怨日子平淡枯燥，往往在离开之后，才知道，原来平淡的相伴，是那么美好和幸福。

其实，每次出远门，心里都是七上八下的。特别是在离家前夕，即使那个地方是自己一直都非常想去的地方，总是在梦中出现，但在将要远行之前，心里仍会被那些郁闷占据掉许多的兴奋和快乐。总是担忧很多，甚至会有些害怕，担忧和害怕每一次即使短暂的分离也会变成永远的离别。

几年前，曾去翠华山参加拓展训练。当我站在10米高的木板上时，心里非常纠结，不仅仅是害怕，更多的是不舍，怕有不好的结果。在我跨出那一步的时候，忽然吹来的一阵山风，加速了我汹涌而出的眼泪。

其实，每一次的外出，最好是和家人一起。这样多好呀，一家人一起出行，时刻相伴，每处美景，每处凉风，都可以一起享受。不必担忧和牵挂，也会玩兴十足，美好多多。

只不过才离开两天，而且还在省内，却牵挂成这样！

手机大多时候都处在关机状态，偶尔打开，是一条条的短信。他在信中说，走哪了，要注意安全，早点回来。看到时，心里很感动，有种说不出来的幸福。第二天，再开机，还是他的短信，几点回家？我们等你一起吃晚饭……再次感动。车子在高速公路上疾驰，两边青山快速闪过，然后，驶入幽暗的隧道，此时，会有泪轻轻淌落，在忽明忽暗中，更觉得光阴可贵，亲情可贵，生命可贵……便也愈加地思念家人。

许多时候，无论你走到哪里，也无论你的眼前有着怎样的美景，心中也会有些微的小小疼痛，因为心中有着牵挂和惦念，所以，即使你眼前的景致多么美好，也会遗憾，若是他（她）或他们在身边，该有多好。想必，那一定是一次最愉快的旅行吧。

不要肯定地说你不想家，也不要说你可以很洒脱地丢开一切。其实，有许多东西真是你这一辈子都不可能割舍掉的。即使某次不快中，会随口蹦出几句没心没肺的话，也委屈，也哭泣，也抱怨，但在时光的流逝和岁月的变迁中，你会明白，其实，割舍不掉的，有些东西真是割舍不掉的。

或许，有些人真的可以割舍掉许多，可以一人出游，玩得尽兴畅快和惬意，但那个人，真的不可能是自己。

该牵挂的，总会在心中，怎么可能轻易就丢弃掉？

夜了，才回到家中。

顾不得洗去满身纤尘，顾不得卸去满身疲惫，甚至，连一口茶水都顾不得去喝，就唤着他和孩子。但倘若，那个他冷漠地不肯走出来，恐怕你的心头又会漫过几丝疼痛吧。

但是，忽然，他会唤你，说："过来看呀，我新作的一首诗……"

过去看，是《爱的感觉》。

读毕，内心是感动和幸福。

其实，他的内心，也是和你一样的牵挂和不舍呀。也许很多牵挂，很多不舍，你们一直都藏在心底，没有说出口罢了。也许在某一天，你去了很远的地方，那些牵挂，那些不舍，才会渐渐地出现在你和他的心中，泛滥成汪洋大海，任凭谁，都不可能阻拦得了。

也只有如此，你们才明爱——原来，无论你浪迹哪里，也无论这时光如何的流转，有些东西永远是离不开丢不下的。

纠缠

最近在看一部电视剧，只是断断续续在看，但也看得心力交瘁。

为那剧中的女子，同情或者厌烦着。她们都是美丽的女子，在一段婚姻里，却有着不同的处理感情的方式。

其中的一个女人，竟然对一段已经过去了的婚姻整整纠缠了30年。每天，她都沉浸在那段短暂的婚姻中不能自拔。不高兴时，便会去打扰前夫的生活，有意地搅乱他的生活，用不礼貌且失去理智的恶毒言语去报复他们——她的前夫和前夫现任的妻子。她的矛头始终指向前夫现任的妻子，给她最狠的打击，给她最恶毒的诅咒。也因为这样，她变得愈加的不可理喻，完全像个泼妇。可是，在无人的时候，在孤寂的夜里，她却又像个可怜虫，让人心生怜惜。

这个女人，是个既可恨又可怜的角色。

深思她的行为，其实更多的是一种悲哀。

在剧情接近尾声时，这个女人为了逼迫前夫与他现任的妻子离婚竟然买了农药，并且威胁他说，倘若他不在离婚协议上签字，她就当面喝下这瓶农药。也许，她认为面前的男人该妥协了，该回到自己身边了,可是,他却意外地自己喝下了那瓶农药。

在医院抢救室门口,女人歇斯底里地哭泣和喊叫,她完全崩溃了……

或许是这件事,使她可以重新地反省自己,反省这段早已过去的婚姻。

她蒙头睡了许久,她把自己关在房间里,躲在被窝里,她哭泣着,也疼痛着。

她的泪水终于使她明白,其实,自己心中最在乎也最放不下的那个男人,真正在乎的却是那个女人——他的现任妻子,也是她最痛恨的女人。而他,甚至宁愿选择死亡,也不愿选择和她一起生活。

自己想尽了一切办法纠缠他,纠缠了 30 年,结果依然如此。

可是,她依然不肯放手,不肯罢休,她哭泣着,她真的不甘心啊。

或许她并不知道,在失去这段婚姻的这些年里,她的内心是充满了仇恨的。她恨那个女人,恨她抢走了自己的丈夫,恨她毁掉了原本属于自己的幸福的婚姻生活……

这个女人,就一直这么执拗地极端着,变得越来越狭隘,越来越不讨人喜欢。她把所有的过错都归咎于别人,自己永远是苦命的，不幸的。

她始终都不懂得换位思考，不懂得怎么去尊重别人，也不懂得其实越是如此失去理智，越是让前夫厌恶。又怎么会重新让他爱上自己呢？

剧终时，她终于肯放手，不再纠缠他。她转变了自己的态度，反省了自己，对那段已经失去了的婚姻放手了。在剧中，有一个镜头非常感人：男人和女人站在绿荫的走廊中，女人为男人送行，女人说，要保重啊！再拥抱我一次，最后一次。说这话时，女人是这场剧中最温柔的一次，也是30多年来最温柔的一次。女人因为温柔显得更加的漂亮和娇媚，男人也变得温存起来，给了她一个深情的拥抱。之后，便是转身离开，但在离开前，男人没有忘记对女人说，你也要好好保重！你和孩子是我永远的亲人……

其实。对于感情，对于婚姻，你何苦那么拼命地纠缠，何不珍爱自己，也放手他人，给他（她）想要的生活呢。

这场纠缠了30年的婚姻让几个人都痛苦，倒不是因为婚姻本身是不幸的，而是因为女人的纠缠和不肯放手。

忽然想起一个前女友的话，她说，谁离了谁活不了啊！

是啊。谁离了谁活不了啊。人生不可能事事都顺心，感情也罢，婚姻也罢，何不调整好自己，使自己更开心更成熟呢。

给他人以自由，给他人以祝福，他会有美好的人生，自己呢，也一样可以得到幸福，虽然那幸福或许来得晚些，或许会掺杂了些许痛苦，但是，最终，你会发现，其实，没有他（她），自己一样会快乐，也一样会生活得很好。

难忘的时光

我想，我本就是个喜欢怀旧的人吧。

要不，怎么会在看到一些场景时，便追忆起许多往事来呢？

一片黄昏的天空，微微地泛着晕黄的光泽，并不十分明亮，却有恰到好处的美好氛围。

这时候，我刚好漫步在不远处，在侧目转身之时，那片晕黄的光泽，瞬间带我回到了许久之前。

那时候，正是北方冬日最冷的时节，寒风在耳畔吹奏出呼啦啦的响声。清晨，天色微微地发亮，我们却已经出门，去向城市的东方。

在那里，我们要去赶一趟西去的列车。

在西边的小城，有我们温暖的家。

红色的窗帘，是那年你亲手挂上去的。

即使多年过去了，我也仍记得，记得在那年的冬天，看到那幅红色窗帘时候的感动。

尤记得，在我看到的时候，你正站在一个高高的木椅上，挂那红色的窗帘。

我并不知道，你为了布置我们的新家，付出的心血。

但我仍旧可以想象得出，一个从未经过家事的男儿，在用心规划我们未来幸福生活时候的模样。——啊，那样子，一定十分可爱吧？

我那时，并未出声，只是心怀感动，默默地站在房间的中央，而你，也因为在专心致志、小心翼翼地挂那幅窗帘，并未觉察我的到来。

然而，待我们相拥的那刻，却已是泪水涟涟。

可不是？

你瞧，你瞧我的眼泪都已经打湿了你胸前的衣襟。

而你，也将眼泪洒在了我的发上。

我想，没有谁可以理解我们那刻的心境吧。

也是，谁能够理解呢？一路艰辛，一路长跑下来的感情……如今，终于修成了正果。

这样难得的正果呀，也唯有我们自己懂得加倍珍惜和品尝了。

我想，此后的许多年，我都会好好珍藏它。我会将它收入我的囊中，就像是将一份最美好的礼物，永远地珍藏于心间一样。而这样的收入和珍藏，也大抵唯有你知道和懂得的吧。

之后的日子里，我仍旧在持续着我的感动。

你的那些不断涌现的，新颖别致的浪漫点子啊，无一不打动着我。

  我在我们并不宽敞的居室里踱步,来来回回。然后,便是感动和落泪。思绪牵我回到几年前的时光。

  那时候,我们彼此相隔千里,只能凭借鸿雁传书来倾诉彼此的相思之情。那时候,你总是喜欢折可爱的纸鹤给我。那一只只或浅粉或淡蓝的纸鹤呀,被你折得分外小巧灵秀,然后,夹在你写的信中,跋涉千山万水后,才能抵达我的眼前、手里以及心中。

  我想,这样美丽的纸鹤,以及缠绵的心语,它们终会是永远地扎根在我的心中。

  时光不停地流淌,清风一般,飞鸟一般。

  在匆匆光阴面前,我们总有那么一天,会成为非常苍老的人。

  寒冬时节,北方再次飘起洁白的雪花。

  我一人走出门,走在十分素白、寂静的街上,四周都分外得幽静。偶尔,会有一条穿了红裙的小狗,跳跃在眼前。

  啊,那一刻,我忽然地欢喜激动起来。

  然后,我便听到了不远处传来的噼噼啪啪的鞭炮声。

  啊,是一对新人,在举行婚宴。我看到了穿红色衣裙的美丽新娘,以及那穿银灰色西装的新郎,他们正在富丽堂皇的酒店门口,笑意盈盈地迎接着前来祝贺的每位宾客……

  我的眼前,一阵潮湿。

有微微咸涩的味道，渐渐地融入口中。

我想，我是分外想念一些时光了。

那些时光，承载了我们许多的故事。

我想，这一生，我都不能忘却它，不能忘却，绝对不能忘却的。

那些载满了许多故事的旧时光呀，它是我这一生，最难忘、最甜美的好日子啊……洋溢着无限的喜悦和甜蜜。

遗憾的是，太过短暂。仿若一场繁华的烟花展，绽放后，便淡了，也散了。

一切都是因为爱

看到过刘亚洲的一篇叫作《王仁先》的文章，很受感动。

王仁先是十四军四十师的副连职参谋，昆明人，军内干部子弟。战前因违反纪律（部队开进老山地区后，驻扎在一个叫"落水洞"的地方。王仁先和几个干部住在一个苗族农民家中，女主人阿岩是个很漂亮的苗族姑娘，结婚不久，有一个尚在襁褓中的孩子。这女人性格很奔放，她爱上了王仁先，后来王仁先上前线打仗前他们多次在一起厮混……）受了处分，后来牺牲了。王仁先本来在昆明谈了一个女朋友，但部队往老山开拔时，女朋友和他分手了。那个爱上王仁先的苗族姑娘，对王仁先爱的浓烈深沉，在王仁先牺牲后，变卖了家里的财产，买了十几条王仁先爱抽的上等香烟，插满坟头，一颗颗地点燃，并垂泪道："让你一次抽个够。"

这个叫作阿岩的苗族姑娘很让人敬佩，她对王仁先的爱情感动了太多人。

后来我百度王仁先，再度重温他们的爱情故事，仍旧被深深地打动。

"6月某日，已确定翌日清晨进攻老山，战斗命令已发出。那一刻,连队一片死寂。王仁先来向阿岩做最后诀别,阿岩为王仁先的军用水壶装了满满一壶水。王仁先喝了一口,哎呀,比蜜还甜。阿岩不知道往壶里放了多少糖,她以为越甜越好呢,王仁先的眼睛潮湿了。这时候,阿岩使用了最后、也是最原始的手段:撩开衣服奶孩子。她把整个心扉向她所深爱的男人敞开了,在王仁先心中,所有的长城轰然崩坍,他颤抖着走向阿岩。

灶里的火熊熊燃烧,他俩也在燃烧。第二天,情况突变,进攻时间推迟。凡事有第一次,就有第二次,堤已决口,便关不住了。于是,在老山脚下,在村边,在树林中,甚至在阿岩家的牛圈里……一个古老的爱情故事被赋予了新的内容。每次二人完事之后,王仁先总是一言不发,闷着头一颗接一颗地抽烟。而阿岩呢,则老是笑,咯咯地笑个不停,她是欢喜呢,她得到了她渴望得到的东西,一如刘备得到了天下一样。这样的事情瞒得了别人,瞒不了丈夫,阿岩丈夫向部队告发了,他没有说具体是谁,可能是他真不清楚是谁,也可能是他不肯说。

发生这种破坏组织纪律的事,那还了得。部队上下极为重视,层层调查。他们在牛圈里搜到许多带过滤嘴的烟头,顿时知道是王仁先所为,因为全连只有他抽这种带过滤嘴的高级香烟。连长找王仁先谈话,王仁先拒绝承认此事。营长也找他,他也不承认,营长火了,命令:'全连集合!'然后请阿岩与她丈夫来指认。打谷场上,一连官兵肃立,阿岩和她丈夫来到队列前。

后来该连指导员告诉我:此时的阿岩,一点不似犯了什么错事,毫无颓丧之气,反意气飞扬。指导员说,原来我想,她肯定会巡睃一遍后说,没有那人!这样就一了百了了。万没想到,阿岩径直走到王仁先跟前,指着他说:'就是他!'

一瞬间,空气凝固。一根针掉在地上都能听见。王仁先冷冷地望着阿岩,而其他上百双眼睛则望着王仁先。阿岩的第二句话更令全连震惊:'我疼他!'

当地人把'疼'当'爱'讲。这是赤裸裸的爱情宣言呀。全连把目光转向她,她勇敢地与全连官兵对视,泪水渐渐涌上了她的眼眶。

部队攻克老山后,王仁先被派到最前沿的'李海欣高地'。

王仁先表现十分英勇,还击毁了一辆坦克。更重要的是,他利用报讲机向后方炮兵报了一千多条情况,使我方大炮宛如长了眼睛。

战士全部战死,王仁先打光最后一颗子弹,对报讲机喊了一声:'我走了!'遂被炮弹击中,死时二十五岁。全连在老山主峰上目击王仁先奋勇冲杀,感慨千万。他死时,大家都摘下了钢盔。

一个月后,连队撤下老山,又回到阿岩的村庄休整。部队刚进村口就看见了阿岩,她像一株相思树似的伫立在送走部队的地方。

连队官兵从她身边鱼贯而过,不知怎的大家却有了一种别样心情,没一个吭气,连营长都低着头匆匆而过。部队全部过完,天已冥,阿岩的身影依然在暮色中绰约。

王仁先被安葬在麻栗坡烈士陵园。为他立墓碑那天,连队官兵全数来到陵园。远远地,他们看见,一个窈窕女子的身影在坟前晃动,走近才看清那是阿岩。他们被眼前的情景惊呆了:王仁先的坟头上密密麻麻地插满了香烟,全是过滤嘴的,一片白,仿佛戴孝。后来他们才知道,阿岩卖了家中唯一的一头耕牛,买了十几条王仁先爱抽的那种上等香烟,插满坟头,并一颗颗地点燃,她垂泪道:'让你一次抽个够。'"

许多时候,女人就是这样,因为爱你,所以这样。

也不仅仅唯有女人才会这样,男人也会如此动情,为了心爱的女人心甘情愿地付出一切。

发生在身边的一个感人的爱情故事是这样的:

一个男孩子,因为女友的突然逝去而选择放弃生命,后经抢救得以生还。但是他却决定一辈子单身,以此来表明自己对死去女友的爱恋,以及对他们爱情的忠贞不渝。

这个发生在身边的故事,仿佛就是影视剧中曾经看到的那一幕,也像极了传说中的某个爱情故事,然而,它确是真实的。

也有人表示不理解,也有人问过那个男孩子,为何会对已经死去了的女友，如此忠贞，甚至选择一辈子单身。

　　那个男孩子只回答：因为爱她，所以这样！

　　是呀，因为爱你，所以这样！

　　这就是爱情。

　　爱情是炙热的、真切的、坚定的、忠贞的，更是感人至深的。

我想成为你的骄傲

她是他的骄傲。他总是当众拿她来炫耀。

而英子,每每在看到或是听到他炫耀她的时候,都会心如刀割。

也许,他是爱她的?不是也许,而是就是!英子在心里不止一次地想。

英子想,如果他不喜欢她,不爱她,那么,他是没有必要拿她来炫耀的。况且,他对她的炫耀,是经常的,非常频繁的。

英子并不认识她,也无法确定她是否喜欢他。

英子只知道,自己是喜欢他的,自己的心和他连在一起,很近很近。然而,每次当他炫耀那个她时,英子又会觉得,自己和他离得很远很远……

或许,这是每个女人都会有的羡慕和嫉妒吧!

是的是的,我就是嫉妒她,非常嫉妒她。英子想。

英子很想对他发作,然而,英子又不能对他发作。因为自己,是那么喜欢他。英子并不想失去他呀!

这似乎是一道难解、分外棘手的题。

英子为此忍受着折磨和煎熬,没有任何解决办法。

谁让自己那么爱他呢！英子夜晚失眠的时候，总会流着伤心的眼泪，这样想。

英子也考虑过，要不要离开他，放弃他。然而，她的心，却清楚地告诉她——不可以，千万不可以！

也不是没有做过尝试。英子在几次难以忍受煎熬和折磨的时候，便尝试着忘掉他。

英子使自己尽可能地繁忙起来。为此，英子还拾起了多年前自己已经丢弃掉的那些爱好。英子想，事情一多，自己一忙，也许，就能够忘掉他吧？

然而，事实却并不是这样。

即便再忙碌，他的身影、他的笑容、他的眼神还是不断地出现在英子的脑海。

英子觉得，自己的整个世界，都是他！

既然无法忘记他，也无法不去嫉妒那个她，英子想，自己应该变得大气一些。

英子喜欢散步，几乎每天都会出门散步。

漫步在寂静的公园中，身边有花草树木、蓝天白云、鸟雀湖水的陪伴，英子渐渐觉得自己的内心有了些许宁静。

英子想，这个办法不错，总得想办法让自己那颗嫉妒、煎熬的心，宁静下来。

也许，这个世间的许多事情就是这样，喜欢反反复复，就像英子那颗充满嫉妒的心。

过了没多久，英子再次地伤痛。他又在当众炫耀她了……

她是他的骄傲。而自己呢？自己又是什么？

英子想，自己也是优秀的，也许输给那个她的，只是自己无法选择的出身而已。不过，自己是不甘心的，自己会继续奋斗，也会一直努力，一定会让自己变得更加优秀！

这样想着的时候，英子的眼泪潸然而下，忽然就想起林夕笔下的一个故事来。

那是日本影星宇津井健在临终前再次举行婚礼，非要给81岁的新娘加濑文惠一个名分的故事。

1950年秋，日本尚未从战争的阴影中走出，街道破败，经济萧条。19岁郁郁寡欢的宇津井健在日本东京一间酒屋内，邂逅了17岁女招待加濑文惠。

正是加濑文惠甜美的笑容、洋溢的活力和对宇津井健的关心及鼓励，使得宇津井健勇敢追逐了自己的梦想，在日本演艺圈大红大紫。

加濑文惠的愿望是嫁给宇津井健，而宇津井健也是喜欢加濑文惠的，然而，宇津井健还是选择了逃避和放弃加濑文惠，因为那时的加濑文惠，只不过是一个酒屋的女招待而已。

或许爱情的力量是十分强大的，它可以给人勇气和力量，更可以彻底地改变一个人。

加濑文惠为了能够配得上宇津井健，始终没有放弃拼搏和努力，多年后的加濑文惠不仅生意越做越大，还出了散文集，更出演了电影，她在努力地向宇津井健的世界靠近。并且，这个执拗的女人，一直拒绝别人的求爱，但两人一直到没能在一起。

直到80岁那一年。

80岁的宇津井健，病情不断恶化，频繁入院，加濑文惠不顾自己也已78岁的高龄，衣不解带地守护在病房，悉心照料着宇津井健。

2014年3月，宇津井健深知大限将至，便向加濑文惠求婚："你能嫁给我吗？"

这5个字，犹如钟鼓敲在加濑文惠的心头。

这句渴求了一辈子的话，居然在宇津井健生命快要结束的时候说出，所有的酸楚涌上心头，加濑文惠不由泪眼婆娑。

3月14日，白色情人节，宇津井健穿上了崭新的黑色西服，在亲友的见证下，与加濑文惠完成了婚礼。

听到加濑文惠将正式入籍宇津家时，宇津井健用微弱的声音说："入籍了，太好了，太好了……"随后，他在加濑文惠的怀抱中去了天国……

也许，这就是爱情的力量。正是因为加濑文惠对宇津井健的用情至深，才使得她不断奋进、努力提升着自己，也最终获得了自己想要的"婚姻"，虽然，这场"婚姻"来得太晚，太短暂。

于是，英子常想，加濑文惠其实就是自己的榜样。因为爱着他，所以自己会一直努力，赶超那个他常常拿来炫耀的她！

英子开始明白了时间和生命的珍贵，所以，她不肯浪费一分一秒的时间来给自己充电，渐渐地变得大气了许多，她不再频繁生他的气了，然而，对那个她的嫉妒的心，还在。

英子想，这份嫉妒她的心，正是一种催促自己努力奋进的力量，所以，从某种意义上讲，自己应该感谢那个优秀的她。也许，正是有了那个优秀的她，自己才会变得更加优秀！

英子后来果然变得更加优秀，也更加优雅高贵了，同时她也出版了很多被热销的散文集……

而英子的爱情，也终于有了圆满的结果，他们共筑爱巢，甜蜜牵手。

爱情这件小事

其实,爱情中总是有许多小事的。

那些小小的事,蓄积起来,在很久之后的某天,我们一起细数,就叫作爱情。

寒冷冬天的清晨,你还蜷缩在温暖的被窝中,而他,却已经冒着寒风,给你买回了蔬菜、水果以及十分丰盛的早餐……你不愿起床,而他,也不忍叫醒你。他只是轻手轻脚地躲在厨房中为你清洗那些新鲜的水果,待一切都准备好了,他才轻轻地摆放在餐桌上。你揉着惺忪的睡眼,看到餐桌上那些正在氤氲着热气的丰盛早餐,以及那些色彩鲜艳的各色水果,而早餐和水果的旁边,还有他亲手插入瓶中的鲜花……啊,生活如此美好!你不禁在心里面由衷地赞叹。

也有些清晨,两个人一起起床,然后,一起站在盥洗室的镜子前刷牙。镜子里的你们,如此和谐,如此快乐。牙膏的白色泡沫还在嘴唇上,你们却都忍不住笑了起来。毫无顾忌嘴上的牙膏泡沫,心里想着,就算不小心咽下了少许的还没有来得及漱掉的牙膏泡沫，又能怎样？

冬日的夜晚，天色已经不早。他在书房的电脑桌前加班，而你，也不肯去睡觉。虽然他不止一次地说，乖，先去睡觉吧。但是，你仍旧不肯独自去睡，你要陪在他的身旁，直到他加完班，你们一起钻进温暖的被窝。他加班的时候，你不会去打扰他，你只是静静地坐在身旁，手里捧着一本喜欢的书籍，翻看阅读。又或许，你会在一个本子上，慢慢地画着一些心中想象的图画……时间一分一秒地过去，偶尔，他会停下工作，看你几眼，而彼时，你也会停下阅读或者画画，冲他微笑，你们彼此间的默契，想必连神仙眷侣也会十分羡慕吧？你们之间的心有灵犀，会是你们爱恋一生的最好印证。

一张宽大柔软的床上，你们互相拥抱着入睡。或许，睡着睡着，彼此就又分开了。翻了身，背靠着背，你紧紧地抱着他的腰身或肚子。有时，你会不自觉地在睡梦中，伸出手臂，将他的脖颈环绕。你在梦中轻声唤着他的名字，你的声音温柔而坚定，一声声地，你叫着他，即使是在睡梦中的轻唤，也是充满了深情。

周末的清晨，你们一起出门去菜场，挑选喜欢的蔬菜。菜篮子里满满当当的时候，你们一起漫步回家，一路上，聊着共同喜欢的话题。身旁经过的男男女女，也多半都会投来羡慕的眼光。即便手中只提着一蓝普通的蔬菜，即便身穿并不时尚美丽的布衣布裤，也会十分幸福，因为，有爱情，荡漾在其中。

有时下班，看到他皱着的眉头，你便知道，今天的他，工作肯定很累，估计还有些要事纠结在他心中。于是，你走过去，为他捏捏肩背，为他泡杯香茗，安静地坐下来，陪在他的身边。如果，他还是眉头紧皱，那么，不妨为他播放一段轻松欢快的乐曲，再给他放好洗澡水，让他听着音乐，泡泡热水澡。在他泡澡的时候，你可以为他准备点水果、点心和红酒。你说，亲爱的，喝杯红酒吧，红酒可以很好地保护我们的心脏，还能令我们青春焕发……我想此刻他那紧紧皱起的眉，应该能够缓缓舒展开。

有时，他会在下班前打电话给你，问你晚餐吃点什么？多数情况下，你都会以一句再简短不过的"随便"两字来答他。心里想着，他并不会变出什么花样来。然而，待你回到家中，却看到了他已经准备好的丰盛晚餐，有蔬菜、水果、奶昔、干锅、营养粥，也有精致的小包子……那一刻，你会觉得，自己是天底下最幸福的女子。

寒冷的冬天，你不小心着了凉，连续几个喷嚏之后，头晕了，嗓子也疼了起来。唉，又感冒了……电话中，你一如往常地和他说话，并未提及你的感冒，然而，细心的他却已经听出了你不同于往日的声音。于是，他急急忙忙地赶回家，让你乖乖地躺在床上。"乖，静静地躺着休息，闭上眼睛，我去给你熬点红枣冰糖雪梨汤，热热地喝下去，感冒就会好很多……"后来，你的感冒稍微地加重，你想要去医院打点滴，而他，轻声地说："点滴打多了对身体并没有好处，乖，听我话，再给我一天时间，我会把你调理好。"他的声音里，是满满的深情和温存。

忙碌了一天之后，傍晚温暖的台灯下，你们一起靠在床头看书。彼此间偶尔会有些交流。如果眼睛疲劳了，那么，也会停下来，玩玩小游戏，或者，他会为你唱支情歌。屋子里，是温暖的色泽，夜，更加深沉静谧了。后来，你们困倦了，合上书籍，关掉台灯，一起相拥着入睡……

闲暇的时候，一起去看望双方的父母。陪他们说说话，聊聊工作和生活。或者，在天气晴朗的时候，陪他们一起去公园里散散步。年迈父母那满是皱纹的面庞上开出了朵朵幸福的花儿。这段闲暇的时间，你们并没有像许多年轻人那样，去郊游或者只沉溺于二人世界的甜蜜幸福之中，然而，谁又能否定你们陪伴老人的幸福、快乐与充实呢？因为爱你，所以，我一定要竭尽所能地去照顾、去疼爱你的父母。而你，也是一样的啊！

时光匆匆流走，有一天，我们都老了。我们有了白发、皱纹，腰身不再挺拔，我们会一起坐在暖阳下，细数那些旧时光中的小事情。

那些小事情，每一件，都蕴藏着我们的爱情真谛。

温暖、甜蜜、感动、幸福……在我们一起回想往事的时候。

雨夜的惦念

安华走的那个夜晚,青青几乎一整夜都没有合眼。

那个夜晚,风大得出奇,窗户上的几块玻璃都被狂风刮得碎了一地,玻璃瞬间破碎的那刻,雨就来了,很大很大的雨。

青青最害怕这样的雨夜,她一个人孤单着蜷缩在粉色的被子中,因害怕脸色有些苍白,而那一刻,青青更担忧的是安华。

雨这么大,这样的狂风暴雨,车很难开的……

这一场肆虐的狂风暴雨,使青青饱受折磨。她颤抖着双手拨打了安华的电话,可是,电话起初是无法接通,后来,则是彻底地没了信号。

安华不知道怎么样了,车子不会出了什么故障吧?他不会有什么意外吧?

青青的心里很慌乱,很忧虑,这些忧虑那么深那么猛地揪着她的心儿,使她在无限的恐惧和焦虑中脸色愈加地苍白。

安华开出租车6年多了,这周,他刚好和一个即将做爸爸的的哥换了夜班。

从家里走的时候,天还没有下暴雨的迹象,可是,当他的车子刚刚驶过一条古老的街道时,便刮起了大风,紧接着,就落了雨点,那雨点,很快就大了起来,不一会儿,街上到处都是积水。

　　安华最怕在这样的雨夜开车。

　　记得3年前的一个雨夜,自己就经历了这样的狂风暴雨。那次,车子在雨水中熄了火,后来怎么都打不着火,直到雨停后,才找人过来帮忙挪动了车子。

　　今夜,又碰上这样的雨夜,安华心里有些紧张。虽然他小心翼翼地开着车子,但是车子也还是陷进了一个深水坑……砰的一声,车子又熄火了,和3年前的情形一样,车子怎么都打不着了,安华只好无奈地困在车里。

　　一个小时,两个小时,时间一分一秒地走过。安华的心揪作一团,怎么办呢?青青也不知道怎样了?她一向胆小,最怕的就是这样的雨夜,可是,自己被困在了水洼里,动弹不得,手机也没了信号……

　　安华在这样的雨夜里,心里最惦记的自然是青青,这个自己最疼爱的女人。

　　屋子里的青青几乎一夜都未合眼。她既害怕又担忧,脸色十分苍白,而这个脸色苍白又瘦弱的女人依然在害怕的时候,鼓足勇气走到窗前,眺望着不远处的那条街。

　　每每安华开夜班车的时候,青青都会站在这个窗口眺望,常常在凌晨三四点的时候,她会眺望到安华的车子,他的车子常常会驶过这条街……而今夜,青青却始终都没有看见安华的车子。

窗外,雨还在下。

街道像是被雨水汇集而成的河流,看不到一辆车子。

安华他怎样了呢?他是否会有危险?

青青的心里已经乱成了一团麻,脑袋也被这些散乱纠缠的麻,缠绕得疼痛起来。

但她还是坚持站在窗前,不时地眺望。

不知道过了多久,青青瘦弱的身子终于绵软着跌落在了地板上。

那些美好的梦,再次出现在青青迷糊又疼痛的脑袋里。

在一阵又一阵的疼痛中,青青看到了安华。安华穿着单薄的衣服,只身行走在飘雪的寒冬里,他的背影在冰雪天地的空旷中显得十分落寞,而自己,则追随在他的身后,手里抱了厚厚的棉衣,疾步奔走,想要尽快给安华穿上这样暖和的棉衣,可是,似乎,她怎么都追不上安华。

安华的身影在冷冽的飞雪中,越来越远,而自己却昏厥在雪地里……

青青躺在雪地中,大脑疼到了混乱,但想念安华的心却愈加地狂热。

青青不能忘记那些甜蜜的日子,那些从相识到相恋的美丽的日子。那些日子，从起初到现在，都洋溢着满满的甜蜜和温馨。

青青第一次也是最后一次爱上的男人便是安华，而安华，同样也是。

他们的爱情是安静的，也是轰轰烈烈的，仿佛一直都是恒久的高温，即使经历着寒冬。

在那些安华出车的时间里，青青总喜欢把自己沉浸在安华的世界里。她翻看影集，也翻看自己从认识安华后开始用心记录下来的饱含真情的日记，她漫步在自己与安华的小居室里，用心感受着安华的气息。那样的翻看、那样的记录、那样的漫步、那样的感受……对青青来说，是再甜蜜不过的事情。

清晨时分，门被打开，已经浑身湿透的安华悄悄换下湿漉漉的衣服，顾不得休息，他便抱起了苍白瘦弱的青青，将她轻轻地放在了柔软的床上，而青青那挂在眼角的晶莹泪滴，正被他深情地吻去。

九月，离别

九月了，一切都清亮起来。

曾经郁郁寡欢的心，也随着九月的秋高气爽，逐渐地亮堂起来。

这样的秋天，虽不是很凉爽，但非常的舒服。

地面干干净净的，草地绿茵茵的，天空似乎也是不曾有过的瓦蓝。

小美坐在双层公交车的顶层，随着公车的缓慢节奏，怡然自得地哼着MP4中的歌曲。午后的秋阳透过高高的车窗照射在她年轻秀气的脸上，和她的神情以及她时尚的衣着浑然一体，构成了一幅美妙绝伦的画面，这画面，让人舒心，从公车上一些人投来的羡慕眼光，就足以证明了这幅画面的美妙。

小美很喜欢悠闲自在的生活，因为一直生活在繁华的都市，所以，小美很向往那种超然于都市之外的自在和悠闲了。

有的时候，小美也会想象，想象自己有一天脱离了喧嚣的都市，去了偏僻的郊外。

小美会设想，在她很想去的那个郊外，自己能够拥有一个院落，一间屋子。

这院落，这屋子，不必很大，但很舒适。小美还会设想，将来她要把那个院落装扮得很漂亮。她会在院子的中央种上她最喜欢的花儿，品种大概有十五六种吧。除了花儿以外，小美还会栽种一些喜欢的植物，这些植物当中，包括一些新鲜的果蔬。

公车缓缓地穿行在这座城市最具现代化的高耸楼群与街井之中，小美俊俏的面庞上荡漾着惬意的微笑。此刻，她在暖暖秋阳的照耀下，构思起了那个小小的院落。

秋天的时候，小美想，自己会亲自去采摘种下的果蔬，红的西红柿，绿的黄瓜，紫的茄子，红红绿绿的秋椒，还有白的、红的、黄的、蓝的各色的美丽花儿……

那个属于自己的院落真是太美啦！

小美想，在这样一个被花儿点缀的秋日院落中，自己会摆上一个很舒适的摇椅，然后沏上一壶茶，享受着花的馨香和茶的清雅，听着院落外树梢上栖息的鸟雀尽情地欢唱，看着浮游过头顶的悠悠白云，手捧自己喜欢的书籍，细细品读。

上学的时候，同学们说，小美有小资情调，小美就会在心里偷着乐。

其实，小美自己也承认，自己多少是有点小资情调的，很多时候，自己是喜欢且奢望享受的。

听着熟悉的歌曲，享受着这座城市的清新和浪漫，小美快乐极了。

这个时候，有一阵微风，十分轻柔地穿过车窗，吹了进来。这阵轻拂而过的秋风，突然，让小美想起了那段关于秋天的浪漫故事。

一年前，大概也是这个时节，秋高气爽，小美通过网络认识了林子。后来，在一个秋天的午后，他们相约见面。

小美想，自己永远都不会忘记那天的，因为，那天，对她而言很重要。

小美那天穿了一身绿色的裙子，拎了白色的包去赴约。

那时，小美的心里有一种异样的激动，就连白皙娇嫩的双颊，也红成了粉艳艳的桃花。

小美很讨厌自己这样。虽然自己已经和男友分开很久了，是有些孤独了，但是，小美也并不是因为眼前的孤独，才去见林子的。

小美心里很清楚，自己并不是那种随随便便的女人。

前男友并不懂得珍惜自己，自己分外投入那段感情，然而，对方却会在心情烦躁或郁闷的时候，出手打她。想起这些，小美就会落泪……以前，自己和男友同居的时候，父亲是一直都反对的，但是，倔强的小美怎么都听不进去，认定自己喜欢他，一味地要和男友住在一起。直到后来，男友领了另外一个女孩回家，并且还当着那个女孩子的面侮辱她、嘲笑她，小美这才狠下心逃了出来……

那次"逃离"，深深地刺痛了小美，让她在大约半年的时间里，都萎靡不振，甚至自甘堕落。

很多个夜晚，小美都会自饮自酌，自我麻醉，借酒消愁。

夜里，小美是这样度过的，但是，在白天，要强的小美则是另外一副模样。她总是神采奕奕，始终带着饱满高涨的激情，对待生活和工作。

每个白日里，小美都会和以前一样，更换不同款式的漂亮衣裙，每天也都会更换发型。她还会更新博客，更新自己的心情。她想，纵使离开了男友，纵使丢掉了爱情，自己也要活得精彩。

下班后，小美仍旧会独自逛街、独自去豪华的餐厅享用美食，甚至，还会独自去咖啡屋，要上一杯上好的香浓咖啡，伴着咖啡屋里的音乐，品味着香醇的咖啡，享受自由自在的完美生活。

在这样的享受中，小美心头的伤口也渐渐地愈合。

一个人，其实，也能享受美妙的人生。

小美以前总认为，自己这辈子恐怕是离不开男人了，因为自己太依赖男友了。然而后来，小美还是失去了男友。最初的时候，小美确实痛苦，但是现在，小美突然领悟，原来自己也可以忘记那个负心的前男友，原来自己一个人也蛮好。

但是，偶尔小美会感觉生活中似乎缺少点什么，在小美的内心深处也还是很想有个人陪陪自己，和自己说说交心话。

这个时候，小美就会想，难道男人和女人，是上天安排好了的，必须要手牵手一起走？

小美有时候也会在心里笑自己，笑自己怎么会这么傻，傻到考虑这样幼稚的问题。

去年秋天，小美就是在对男人有了一丁点渴望之中见到林子的。

林子给小美的第一感觉是，憨厚、善良、体贴、细腻，又很喜欢自己。

因为，小美在第一次和林子吃饭的时候，就通过那一桌都是自己喜欢的菜品看到了林子的内心——正如火一般的炙热着。

还有，他们的第二次约会。

那是在一个咖啡屋，那天，天空湛蓝，有朵朵白云轻轻地掠过高远的天际。小美和林子先是相约去公园，一起漫步在幽静的公园小径。他们一边漫步，一边将话题很自然的聊开来。那天，他们之间的交流很是默契，这样的默契，让小美感觉到了一种不曾有过的，流失了很久的幸福。好像，这样的一种幸福，是自己以前梦中常常梦到的。

那天，公园的小径上，一路都洒下了他们的快乐。那些快乐，伴随着公园中缤纷的落英。当走出公园大门的时候，小美还情不自禁地回望了一眼，哈，那些缤纷的落英，真的好美呢……那是一种金黄的，熟透了的，异常丰富绚丽的落英，它令小美终生难忘。

小美和林子的故事是在秋天开始，也是在秋天结束。

那天，林子约小美在他们喜欢的那个咖啡屋见面。

那天，小美总感觉林子有些异样。因为，林子眼中流露着难舍的情意，并且，那天，林子的话比平时少了很多。那天，林子就那么安静地坐着，默默地看着眼前的小美，似乎眼睛都不肯眨巴一下。小美喝着和往常一样浓香的咖啡，心里有些担心，又有些猜测，但是，小美没有主动去询问林子。

那天，小美和林子在长久的深情相拥之后结束了约会。那天，林子拥抱的力气似乎很大，几乎拥得小美喘不过气来……小美的心里，是甜蜜的。因为，她觉得正在用力拥抱自己的这个男人真很爱自己。小美那一刻还想，今生，剩下的日子，自己的幸福，自己的一切，或许都要交给，这个正在紧紧拥着自己的，叫作林子的男人了。

那天晚上，小美还做了一个特别美丽的梦，梦见自己做了林子的新娘。

然而，第二天后，小美却收到了林子的一封邮件。

林子在邮件中说，他去了加拿大，因为，那里有自己最热爱的事业……在邮件中，林子一直在强调，自己今生最爱的女人仍旧是小美。只是，不知道自己是否有那么幸运，将来，能娶小美做妻子……并且，林子还说，娶小美做妻子，是自己的梦想。但，也许是一个可能终生都不会实现的梦想，因为自己无法放弃最热爱的事业。

那天，在小美看到邮件的时候，一股强烈的疼痛，不断挣扎在小美心头。但是，小美没有落泪。小美对着镜子，努力地，苦涩地笑了。小美知道，自己已经能够承受许多了，包括爱情的再次重击……

人是需要慢慢变坚强的。小美认为自己就是这样过来的。无论以前的男友，还是现在刚刚远走加拿大的林子，他们都选择了离开自己。小美还是依然从心里感激他们。因为，是他们让自己在痛苦中蜕变得如此坚强，让自己忘记了流泪的滋味，让自己不再是从前那个懦弱的自己。

公车依旧在行驶着，眼前的路面渐渐宽阔起来。这个地方，让小美感觉异常的熟悉，原来，是到了去年她和林子曾经一起漫步过的公园。

不知道，今年的秋天，那个美丽的公园，是否依然落英缤纷？是否，依然鲜花馨香？

一个陌生女人的来信

"当你越来越远的离去,我的心渐渐失去幸福的勇气,既然分手了就要努力忘记,我只想走出这场悲情的苦戏!"

2月14情人节,霖醒来时,看到这条信息正静静地躺在自己手机的收件箱中。

是个陌生的号码。刚要置之不理,那个号码却又一次发来短信:

"我们的爱真的没有结局吗?我很怕……为什么你要对我这么好?我真的很想

嫁给你……可以吗?"

"爱情是一朵带刺的玫瑰,扎到了,会痛会流血,此刻的我,已是满身鲜血了。"

"别走,好吗?……"

看着这一连几条信息,霖的心里有些感动,有些怜悯。这天,他的脑袋始终凌乱,工作也没什么心情,他的眼前总是浮现出一个女子的面容——憔悴、落寞、忧伤。他忽然很想帮帮她,她好像真的需要一种帮助,一种温暖。可是,很显然,这些信息是陌生的她发给所爱的那个人的……自己回复她的短信,是否合适,是否会伤害到她？

霖的心中始终纠结着。

下班后，霖经过这座城市的繁华街头，不时看到一对对甜蜜的情侣，他们幸福快乐地相拥、牵手、深情亲吻……

不知怎的，霖的眼前又浮现出那个连发几条信息给自己的陌生女孩。

他踌躇着，为自己点了一根烟，然后发了条信息给那个陌生号码，信息里他说："嗨，你好，虽然我不认识你，可我却了解你心头的疼痛，倘若这个情人节你一人在过，那么，来西大街的莎莎酒吧……我等你！"

接着，霖便如释重负地走进了附近一家叫作"莎莎"的酒吧。

霖要了一杯加冰的威士忌，找了个阴暗的角落，坐下来等待。他在等待那陌生女子的信息，酒吧里的音乐声音很大，许多年轻人在舞池中疯狂地扭动身体，时不时发出几声尖叫，音乐声如潮水般此起彼伏。

喝下一大口威士忌，霖看到了新发过来的手机信息，是她，那个他想象中憔悴、落寞、忧伤的女子，她在信息中说："我就过来，不见不散。"

约莫半小时后，霖的手机响了，刚要接听时，一个衣着时尚的女子来到他的面前，"嗨，是我……"她有些不好意思地冲他说道。

霖招呼她坐下后，又要了两杯加冰的威士忌。

酒吧里忽明忽暗的灯光照在身边女子的身上。

"吸烟吗？喝酒吗？"霖一边问她，一边仔细打量着她。

烟熏妆，红唇，时下流行的丸子头，她上身是黑色的毛衣，下身是怀旧色的牛仔裤，脚上是一双细跟黑色靴子。

这应该是一个特立独行、我行我素的女子吧？霖看她的着装猜测着。霖之前也交往过几个女孩，但大都属于文静贤淑型的，在一起时，虽然安稳、静好，但在他的内心深处始终感觉太过平淡，似乎缺少一些他一直非常渴望的激情。

我叫Tina，你呢？

身边的女子一边喝着服务生刚刚送上的加冰威士忌，一边问霖。

叫我霖好了。咱们去跳舞？

他们到舞池里跳舞，Tina脱掉了黑色毛衣，上身只穿一件白色的宽松T恤，这件白色T恤，上面手绘了她自己美丽的面庞，使她看起来越发时尚，甚至还有些朋克的味道。她的头发卷曲着，散落在肩上，这使她看起来有种近乎野性的美。

音乐是一首低迷的蓝调，他们随着音乐一起摆动身体。霖嗅到了一种香水味，不是香奈儿，也不是兰蔻，应该是他不熟悉的香水。这样的香水味儿飘荡在空气中，周围是分外暧昧的气氛，忽然，霖有种迷离的感觉。

霖在阴暗中俯下脸亲吻了 Tina 清香的发丝，然后，他的唇轻轻滑过她的面颊，触及她的嘴唇。Tina 的身上混杂着烟草和香水的气息，这是他们相见后的第 2 个小时，身体的抚慰是简单而温暖的，在阴暗的酒吧角落里，他们沉默着相拥。

他说，我是南方人，在这座城市居住了近 10 年，目前单身。

她说，我是东北人，三年前恋上这座城市的他，原本以为可以同他拥有一个完美幸福的家，可他却欺骗了我的感情。他是已有家室的人，女儿已经 5 岁了。我在苦闷彷徨中，学会了吸烟、喝酒。情人节更是让人心痛，便编了信息想要自己开心，胡乱按了号码，发送，没想到……

没想到你的信息会发到我这里吧，算你运气好，我不是个坏男人……霖一边说，一边含情脉脉地看着美丽又略带忧郁的 Tina，而此刻，眼前的 Tina，显然已经愉悦了许多。

音乐依旧低迷，此刻，这样的音乐，这样的角落恰恰迎合了他们的心境。他们没有过多交流，只剩彼此拥吻。这拥吻，是香甜快乐的，有着无尽的激情，似乎很熟悉，像热恋中亲吻的情侣一样。

走出酒吧时，发现外面飘起了雪花。城市的夜已经归于寂静，偶尔有车辆飞驰而过，带来一阵寒冷的风。这时，钟楼的大钟敲响了，十二点，在最后的钟声即将消失之前，霖把 Tina 拥入怀中。

情人节快乐！天天都快乐！他们几乎是同时向对方祝福着。

Tina微笑着说:"能再吻吻我吗?霖……"

零星的雪花安静地栖落在Tina的发上,她的眼中有泪淌落。

霖深情地吻她,吻干她双颊淌落的眼泪。

分别时,Tina说:"我们会一个人走到地老天荒吗?我们还会再见,成为亲密的恋人,彼此永不分离吗?"

"会的,我想我们会一起牵手走下去的,直到地老天荒……"霖紧紧抱着Tina,深情说道。

"也许,在你年老的时候,仍会记得某年的情人节之夜,与一个如你一样心无着落的,孤独的女子在酒吧喝加了冰块的威士忌,跳狂放而颓废的热舞,然后彼此拥抱和亲吻,在城市霓虹闪烁又寒冷寂静的街头……飘雪,飞旋着降落,而你们的未来,你们的爱情,却没有着落。"

"是的。"霖一边听Tina说,一边回应着。

他们都笑了起来。霖抱起Tina,将她抛向城市的夜空,然后,将她接住,拥入自己温暖的怀中。那一刻,他忽然觉得自己仿佛回到了年轻的时候。而她,Tina,则像极了他的初恋女友,那个喜欢将长发披在肩头,喜欢穿粉色毛衣、白色短裙,总在发间戴粉色蝴蝶结的小女孩,她总是喜欢被他抱着……

他们一起笑着,闹着,也哭着……一次又一次地深情亲吻。

不知过了多久,他们才依依不舍地分开。

临走，Tina给霖看她嘴唇上的瘀血，她说："是你吻的。"他似乎有些腼腆地憨笑着。

最后说了下次见面的时间和地点，约在周五晚8点，还是老地方见。

虽然情人节那晚与周五仅隔3天，可这3天于霖来说，却是分外漫长的。他忽然觉得时间是停滞不前的，那晚的情景，Tina身上散发出的香水味儿似乎还在。在一如梦境的白昼和黑夜中，他的心中，始终缠着一根藤，而这根藤，正是Tina。她时而轻柔，时而坚硬，在他心上缠绕，直缠得他心也慌了，茶饭也不思了，整个人像丢了魂似的。

好不容易挨到了周五。

霖洗了热水澡，剪了头发，刮了胡子，穿上自己最喜欢也最帅气的那套休闲装，看了看手机——7：30，这才哼着小曲出门去了酒吧。

照旧要了加冰的威士忌，不过，霖这次要了2杯。他要Tina一来，就能喝到他点的加冰威士忌。

时间一分一秒地过去，音乐时而沉闷，时而狂放，再看时间，已是8：26，可Tina依然没来。

从8：26到9：50，霖看了几十次手机，始终没有Tina的消息或电话。

终于，霖耐不住了，他结账走出了酒吧。

在一处黑暗的街角，他拨通了 Tina 的电话。

但电话接通后，却是"您拨打的电话正在通话中"。霖不甘心，再拨，却是关机状态。

街角忽然吹来一阵风，那风打着转儿，旋起了积在墙角的废纸屑，霖忽然觉得有些寒冷，不禁打了个哆嗦。

吸掉 5 根烟后，霖又走进酒吧喝酒。这次，他点了一瓶洋酒。

霖将自己埋没在酒吧的黑暗角落里，大口地喝着洋酒，头很快便痛了。迷离中，似乎不时有打扮时髦的女孩子过来邀请他跳舞，但霖全部都拒绝了。后来，再有人过来搭讪，他终于按捺不住，吐出了脏话，滚！

霖摇摇晃晃回到家时，已经凌晨 5 点。他没脱衣服，也没脱鞋子，就倒在沙发上睡了过去。

7 点时，一阵手机铃声吵醒了他。迷迷糊糊中，他看到，那是 Tina 打来的电话，接还是不接？不接，在决定不接后，他又倒头睡去。

但 7:15 时，Tina 再次打来电话。霖睡眼蒙眬中按下了接听键，还没等到 Tina 讲话，他就大声骂道："滚吧，臭女人！"

电话那头是嘟嘟嘟的声音。

扔下电话，霖忽然泪流满面。

他想,自己怎么会这么脆弱,脆弱到对一个只相处了几个小时的女子这般迷恋,这并不是自己啊。想想以前的自己,从不把感情当回事,曾经有过那么多的女孩子,都是自己先腻了,然后再逐一将她们踢走。那时候,她们往往会对自己哭泣,甚至寻死觅活的,但那时,看到她们要死要活的样子,自己竟有种说不出的爽快。

可今天,自己却对一个叫 Happy 的女子如此地放不下。

跑去卫生间呕吐时,霖看到了镜子中的自己——那个面色憔悴、精神萎靡不振的男子,头发有些蓬乱,眼睛有些发红,嘴唇略微泛着青紫。

哐当一声,霖用拳头砸碎了洗手间的镜子。

啪的一声,霖摔了自己的手机。

他嘴里骂着:"孬种。"

霖的手很快渗出了鲜血,但他似乎不知疼痛般,直接倒在了柔软又凌乱的床上,一声声地呜咽起来。

第二天,当冬日的第一缕阳光洒向房间时,霖醒了。他爬起来去摸手机,但他的手机,却早已被他摔坏了。

这是场注定结局的游戏,没人拥有快乐温馨的结局,当你越来越远的离去,我的心渐渐失去幸福的勇气,既然分手就要努力忘记,我只想走出这场悲情的苦戏!

我们的爱真的是没有结局的吗?我很怕……为什么你要对我这

么好？我真的很想嫁给你……可以吗？

　　爱情是一朵带刺的玫瑰，扎到了，会痛会流血，此刻的我，已是满身鲜血了。

　　别走，好吗？

　　……

　　那几条信息，回放在霖的内心，一次又一次地。

爱你的人，不会让你流泪

如意在婚前谈过两次恋爱。

一次是和陈晨恋爱。

一次是和李准恋爱。

如意后来在嫁给李准的时候，心里想，其实李准更适合自己，自己所要寻找的那个人，应该是疼爱呵护自己的人，是不会让自己流泪的男人，而李准，就是这样的人啊！

婚后二十多年了，如意仍旧觉得自己十分幸福。

在闲暇的时候，如意也会不经意地回想起自己当初的这两场恋爱。

在第一场恋爱中，陈晨并不是个十分糟糕的男子，只是，他不太懂女人，或者说，他只是点自私而已。

如意清晰地记得，自己有两次生病了，打电话给陈晨，但陈晨却在电话中责怪自己，并没有赶过来看望她。甚至，自己的病后来痊愈了，他也没有打来问候的电话。那时候，如意心里是疼痛的。其实，生病的时候，如意多么希望陈晨能够照顾自己呀。在如意看来，喜欢一个人就应该多呵护多照顾她，特别是当她生病时。

如意那时候远离父母,独自飘零在另一个城市。她分外渴望有个温暖幸福的小家。而认识陈晨的时候,陈晨有着和她相似的经历,因此,如意以为,陈晨应该最懂自己。绝不是像刚才那样,在她生病需要他来陪伴照顾的时候,只是一味地责怪着自己。

如意那时候流下了凄楚的眼泪。

如意也是在那时候,更加坚定这辈子,自己应该嫁给懂得疼惜自己的男人。

如意还想起了另一件事儿。记得在一个炎热的夏天,如意和陈晨一起逛街,陈晨去买冰镇水的时候,问如意,你渴不渴。本来如意想说,渴啊!但是,她忽然想考验一下陈晨,于是,就说了一句,不太渴。令她没有想到的是,陈晨竟然真的只买了一瓶水,并且,也再没有问她是否口渴,而只是一个人,大口大口地喝完了那瓶冰水……那一刻,如意感到心灰意冷……虽然只是一件很小的事情,但是,却令她很伤心。原来,陈晨是这样自私的一个男人。

当时的如意,只要想起这件小事,便会觉得心里极不舒服。她想,陈晨绝不是个可以考虑的结婚对象。

于是,如意对陈晨的态度也慢慢地淡漠,直到有天终于再也不能忍受,便提出了分手。

在第二段恋爱中,李准却恰恰相反。他很体贴也很会照顾如意。同样的,俩人一起去逛街,也是炎夏,李准却会在如意说不口渴的时候，买了两瓶冰镇水。

下雨的时候，李准会为如意撑起一把伞。

有一次，在有些凉意的秋日傍晚，两人一起散步的时候，有秋风吹起，李准便立即脱下了外衣，披在了如意的身上。

李准并不是个会用甜言蜜语讨好女子的男人。然而，李准却让如意感觉分外踏实。

如意有次给李准打电话，细心的李准听出了如意的声音不太对。他猜想如意估计是感冒了，借着中午吃饭的那点时间，买了感冒药和如意喜欢吃的外卖和水果，送到了如意的单位。那时候，李准给如意接了一杯温开水，看着如意吃完了药。在如意静静地坐下来吃饭的时候，李准仍旧不舍得离去，他一直看着如意慢慢吃完了那份外卖，才放下心来。然后，在离开的时候，又一再叮咛如意，一定要按时吃药，多喝水，多吃水果。

下午下班后，早早地，李准就在如意单位门口等着如意了。如意坚持要自己回家，但是李准仍旧执拗地要送如意回家。回到家后，李准还给如意做了营养晚餐……他不让如意下床，告诉如意乖乖听话，躺在床上好好休息……那时候，如意躺在床上看着李准轻手轻脚地在厨房中为自己做饭的身影，不由就感动得泪眼婆娑了。

类似这样让如意感动的事情还有很多。

那时候，"暖男"这个词还没有开始流行。但是，如意知道，自己这一生所要寻觅和牵手的男人，就应该是李准这样的"暖男"。

所以，后来，即便是李准下岗失业了，如意也没有选择放弃李准。她不断鼓励着他，给他自己创业的勇气。而李准，也终于振作起来，经营起了一家蛋糕店。

后来的故事，便是如意和李准修得了正果，做了一对令人羡慕的欢喜鸳鸯。

在时光的荏苒和岁月的蹉跎中，如意和李准的女儿也已经到了该考虑婚嫁的年龄。

对自己女儿的婚事，如意没有多少意见，她只是语重心长地叮嘱女儿："宝贝请记住妈妈的一句话，爱你的人，不会让你流泪！"

这是多么真切的一句话呀！

是的，爱你的人，不会让你流泪！

恋爱的时候，也许我们会迷失在爱情的美好中。当我们冷静下来的时候，我们也许就会明白"爱你的人，不会让你流泪！"这句话的真正含义。

希望每个女子，都能够找到自己的真爱，也希望每个女子，都能够找到那个不会让你流泪的爱人。

第四辑 / 输了你，赢了世界又如何？

原来爱情真的像一场赌博。
输了你，我就输了全部，
这一次，我是真的全盘皆输。
感谢亲爱的你，让我变得成熟。

珍珠项链的四季歌

人物：小鱼

年龄：36 岁

爱情宣言：爱可以给予自己快乐、勇气和力量。

【仲夏】

读高中时，父母的感情出了问题，后来，他们干脆离了婚。

那时候，刚刚读高二的我，就不得不由父亲带着，去了另外一所城市。

刚到一个陌生的环境，我很不适应，加之母亲又不在身边。很多时候，我喜欢一个人坐在角落，独自想些心事。

大约也是从那时起，我的性格变得有些孤僻。

一个午后，回家时，听到了父亲与后妈的对话，后妈说，"别让晓岚和咱们一起过了，真烦人"。

就是这么一句话，把我从那座我并不喜欢的陌生城市永远地驱逐了出去。

　　借着还不是太暗的夜色，我搭了最晚的一班车，回到了母亲的身边。

　　第二天，我又重新回到了以前的那所中学。

　　短暂的高中生活很快就结束了，在那个浅淡花香的仲夏。

【立秋】

　　立秋的时候，我终于盼来了大学录取通知书。

　　剩下的一些日子，便是和同学们一次次的聚会。

　　N，一个叫作N的男生，就是在那次同学聚会中和我熟络起来的。

　　可是，对于眼前这个穿着白衬衣、蓝裤子的高个子男生，我并没有什么兴趣，虽然他看起来很帅气。

　　聚会结束时，我没有接受他的要求——送我回家的要求，而是径直走掉了，头也没回地走掉了。后来，想起当时自己的绝情，依然是有些歉疚的。

【隆冬】

进入大学的第二个星期,我收到了一封来信,是从大连寄过来的。

打开信封,我首先看到的是一条裹在信封里的珍珠项链,粉色的,很好看,在隆冬的阳光下,会闪烁出星星点点的亮光来。

"想必你会喜欢这条珍珠项链。这是我一定要送给你的,愿它能带给你永远的快乐和幸运。"

这是 N 写给我的第一封信的最末尾的一句话。

我把那条项链揣在怀里,很久都不舍得放下,不仅仅因为珍珠项链是自己从小就一直渴求的饰物,更因为这条项链、这封信中饱含的满满的感情,很纯真、很美好的感情。

之后,N 每周都会写信给我,关心我的学习和生活,有的时候,他还会把他的照片装在信封里寄给我。渐渐地,我发觉自己有点喜欢他了。

【初春】

大学 4 年,我并不寂寞也不孤单。因为,每个夜晚,我都能看到那条闪烁着亮光的项链，它总会在黑夜里给我安慰，也给我坚强下去的勇气和力量。

我似乎忘掉了许多，包括父母离异带给我的许多不快乐。

"想必你会喜欢这条珍珠项链吧。这是我一定要送给你的，愿它能带给你永远的快乐和幸运。"大四那年，春天来临的时候，又一次收到 N 的来信时，又看到了这句熟悉的话，并且，在一沓厚厚的信纸中，裹着一条珍珠项链，也是粉色的。

我拿在灯下细细对比，和他第一次送我的那条一模一样。

回信中，我问，为什么又送我珍珠项链，而且和以前那条一样。

"因为我坚信我们的感情，会如这条珍珠项链所散发出来的光泽一样美好恒久，也相信这条珍珠项链能够带给你更多的快乐和幸福，所以，在第一次看到它时，我就买了两条。那时候，你给我的感觉也和这条珍珠项链一样，纯洁而美丽。希望在收到我第二条项链的时候，我们的爱情会绽放出更美丽的花朵。"

如今，我和 N 的婚姻已经走过了十多年。在每个结婚纪念日时，我都会拿出那条见证我们爱情的珍珠项链，仔细观看，那闪闪发亮的光芒，似乎正是我们恒久不变的爱情。

最浪漫的事

"背靠着背坐在地毯上／听听音乐聊聊愿望／你希望我越来越温柔／我希望你放我在心上／你说想送我个浪漫的梦想／谢谢我带你找到天堂／哪怕用一辈子才能完成／只要我讲你就记住不忘／我能想到最浪漫的事／就是和你一起慢慢变老／……"

婚后，依旧会在心里想象这样浪漫的场景。有一次，正沉浸在美好而浪漫的想象中，老公忽然问我："想什么呢？"

我说："想浪漫呗。"

没想到我的话刚刚说完，老公竟然笑得直不起腰了。他说："柴米油盐，过好日子；平淡是真，相伴到老。其实，这就是真正的浪漫啊。"

对于老公的这番话，我是想反驳的。

女人喜欢浪漫，我也不例外。我总会想象那些浪漫的场景。也总会想象老公会在某个纪念日，陪我去喝咖啡，会一起坐在咖啡屋的窗户边，摇着摇椅，聆听缠绵的情话。即使外面的世界再多喧嚣，也依然沉浸在这份缠绵和浪漫里。

然而，老公终究是个不懂浪漫的人，我始终没有实现我的浪漫梦想。

于是，总会在有阳光的日子，独自去咖啡屋。找个自己认为最能体现浪漫氛围的那个位子坐下，然后，点自己喜欢的咖啡、甜点、饮品、果盘。而当咖啡屋的音乐曼妙萦绕着我时，心中不免会生出些许惆怅和抱怨。

当那些惆怅和抱怨一再地在心中繁衍时，我便怀着委屈的心情回家，会将家务丢到一边。此时，并不会和老公说话，只会给他一个非常冷漠的脸。

与姐妹们聚会，我将内心的惆怅和抱怨和盘托出。姐妹们你一句我一句地"批判"我说："婚姻就是婚姻，哪会有那么多浪漫？柴米油盐，过好日子；平淡是真，相伴到老，这其实，就是婚姻的真正浪漫啦。"

"不会吧？"我半信半疑，怎么和我老公的话如出一辙。

"当然是啊。"姐妹们异口同声地回答。

那次聚会后，我学会了在做饭时，欣赏锅碗瓢盆的"交响曲"，然后在心中回味恋爱时的种种欢乐；在夜幕降临时，依偎在绵软的沙发上，等他回来；在失眠的夜里，翻看我们由相识到相恋再到婚姻的纪念相册；在他出差时，惦记着他，然后拨通他的电话或者发一个短信。

而他也是这般温柔待我。

下班回家时,他会递给我一杯热茶,关心我累不累;在我看自己喜欢的电视剧时,他会坐在身边陪伴我;在我说头痛的时候,他会着急的到处找止痛药;在我们一起登山的时候,他会拉我的手说,我们一起到达山顶……这些,所有的这些,在看似微不足道的点点与滴滴中,无不包含着婚姻的浪漫。

所以,在明白了婚姻和浪漫的真谛之后,我要说:"亲爱的,我们的浪漫,就是柴米油盐,过好日子;平淡是真,相伴到老。我能想到最浪漫的事,就是和你一起慢慢变老……"

真爱不容背叛

入夜，有寒意层层袭来。

她冷得直哆嗦。

电话骤然间响起，犹豫了片刻，依然不敢去接。

但是，那电话却一遍又一遍地响着。

终于，在电话第九次响起的时候，她接听了。

"我们一起去吃肯德基……"

咔嚓，她挂断了电话。

泪水瞬间从她的眼中滑落了。

她恨他。

可是，以前，她曾经是那么的爱他。

就在两小时之前，她还是那么爱他。

她其实也想要和他们当初约定的那样，好好地爱他一辈子，好好地疼他一辈子，永远地厮守在一起，直到地老和天荒。

然而，世间万物却并不以人的意念为转移。

就在两个小时前，就在她去街角的花店，想要买一束馨香美丽的鲜花，装点他们刚刚按揭到的新房。可一抬头，她便怔住了。

那一刻，她看到了他挺拔的背影，那么熟悉的背影。正挽着一个学生模样的女生。他因为背对着她，并没有发现，在自己身后，就站立着自己新婚的妻子。

"I love you……喜欢什么样的花儿，就随便挑吧！"当这几句话从他嘴中飞出的时候，她差点昏厥过去。

定下神后，她仍旧不相信自己的眼睛和耳朵。于是，她带着愕然和疑惑离开了那家花店。

在花店对面的饭馆中，她面如死灰地坐着，随便要了一碗面条，她依然目不转睛地盯着对面的花店。

约莫二十分钟后，那个男人将一只手亲密地搭在那女个生的肩上出了花店，这下，她真得看清楚了，并且可以百分百地确认——那就是他。

她是忍着眼泪目送着他一边走，一边亲吻那个的女生。

匆忙给饭馆老板付了那碗面钱，她急切地想要离开，但是，饭馆的老板却叫住了她，"姑娘，怎么没吃就走呢？你慢点走啊……"

她心如刀绞，哪里有心情去吃那碗面呢？

走在回家的路上，心里是撕心裂肺般的剧痛着。

刚刚他和那女生亲密的场景，一幕幕在眼前频繁地回放。

终于从街上走回来站在自己家门口的时候，她的双腿依然在不停地哆嗦，而正开着门锁的右手也在颤抖。

进了门,她便如烂泥般瘫坐在了冰凉的地面上。

在泪光中,她开始回忆起他们在一起的时光,她仿佛看见了旧时光中的点点滴滴。

她看见了他们第一次的约会。瞧,他那有些害羞的面颊,已经有些微红了呢。

她看见了他们第二次的约会。瞧,他的面颊已经不再因为害羞而微红,他牵了她的手,他们一起漫步在花前和月下。

她看见了他们第三次的约会。瞧,他那英俊的脸庞正充满着无限的温情;他那深邃的眼眸,也流露出无限的爱意。那晚,他吻了她。那是她的初吻。很甜蜜,很深情,他在吻她的时候,她品尝到了他舌间那略微苦涩的淡淡烟草味儿。

最后,她看见了他们的婚礼。瞧,那是多么隆重又气派的婚礼啊!那天,她是这个世界上最美丽的新娘,而他也是这个世界上最英俊的新郎。他轻轻地亲吻她漾满着红晕的面颊,并为她戴上了那枚漂亮的钻戒。在所有亲朋好友的面前,他许诺:"你是我的唯一,我会爱你一辈子……"

想到这里,她的心更痛了,背靠着卧室的木门,她似乎气若游丝了,而眼睛也红肿得不像话。

她突然想起了新婚那夜,自己对他所说的话,"这一生,你一定要和我一起慢慢变老;这一生,你不许再爱上别人……"新婚之夜她所说过的那些话，他可都是一一答应了的……然而，没想到他却这么快就变了心，这么快就爱上了别人……

眼泪大滴大滴从她的眼中滚落。

刚才电话一阵阵急促响起的时候，她就在心里恨他了，并且，那一刻，她是不准备接他电话的，她很害怕听到电话铃声，更害怕听到他佯装爱她所说出口的不真诚的话语。

真的，一直以来，她可以对天发誓，自己始终都是一心一意爱着他的，并且想要和他一起慢慢变老。但是，他却背着自己，爱上了别人！

他如此快速的背叛，简直就是在用一把锋利无比的匕首，狠狠地刺向自己的心啊！

她觉得的心已经鲜血淋漓了！

第二天，当他回家打开房门的时候，他惊呆了——他看到自己新婚的妻子，躺在地板上，她的手腕上流出的殷殷红血，已经凝固……

她割腕自杀给了他致命的打击。

此后，他再也不去招惹任何女人，他像完全变了个人似的。

家里的几面墙上，都是他亲手制作的他们的婚照。照片上，她正幸福地微笑着，而他，也一样甜蜜。

我真傻啊，是我亲手杀死了她，我最爱的阿敏！……他自言自语着，痛心疾首着。

然而，照片上的阿敏，他新婚不久的妻子，还是永远地离去了。尽管他哭得很伤心，他的妻子，也不能复活了。

感谢你的冷漠

1

欢欢终于在新年的第一天，鼓起勇气对穆旭说了声："感谢你的冷漠！"

这句话，其实已经在欢欢的内心思虑了许久。

欢欢之所以这样对穆旭说，是因为太过伤心和失望了。

倘或穆旭真的爱欢欢，他又怎么舍得冷落欢欢这么久呢？他对欢欢的冷落近乎一个星期了啊！

一个星期前，他们还是热恋的样子。

每天信息交流，每晚煲电话粥，会在互道晚安之前，通过电话来亲吻彼此。

天气忽然转冷的时候，也自然会叮嘱对方："记得要加衣服哦！"

穆旭也不止一次地对欢欢说："我爱你！"

虽然，穆旭只是在电话中，对欢欢说了"我爱你！"但是，欢欢听到的时候，就像是穆旭站在自己身边说的。

是的，他就站在我的身边，他说"我爱你"的时候，还紧紧地拥抱了我！并且，他的唇还压在我的唇上……欢欢真是陶醉起来了。

穆旭在电话中不止一次地对欢欢说过"我爱你！"然而，他们并不在一座城市，相隔万里，不能够实现彼此间更为亲密的接触，比如，拥抱和亲吻。

真爱其实并不在乎距离的。

欢欢有时候会这样想。

她会在心里想，其实，自己喜欢和在乎的也许并不是大多数女子所喜欢和在乎的。比如，权力和金钱，那些能够给予人们虚荣和满足的物质条件。

欢欢是个十分自信的女子，多数时候她都会认为自己是非常优秀的女子。浑身上下都散发着迷人的魅力，这样的魅力，自然也是与容貌、金钱、年龄无关的。

一个优秀的人，就该具备这些。倘或你能够拥有如此魅力，那么，或许爱情也会如影随形吧。

2

周一早晨天气突然转冷，雾霾依然十分浓重。

欢欢在去办公室的路上，一路哼着一支小曲儿。

她并没有让自己哭泣。欢欢是用信息对穆旭说的:"感谢你的冷漠"。

她想,穆旭那时或许还没有起床吧?不过,现在已经是上午十点钟了,他应该早就看到那条信息了吧?但是,怎么还没有回复我?

周一一整天,欢欢都有些无精打采。

开例会的时候,她故意坐在了最边上,看似在认真听,其实,心思却早已飞走了。

欢欢的心飞去了穆旭那里。

3

为什么?一整天了,自己都六神无主、无精打采呢?

很显然,自己还是非常在乎穆旭的。

欢欢这样想的时候,突然十分后悔自己清晨发给穆旭的那条短信。

不知道穆旭会怎么想,他会不会真的就生我气了?从此,不再搭理我,离开我?

一定是的。否则,穆旭不会直到现在(晚上十点钟)了还没有回复我,电话也没有打过来一个。他不可能这样对我的……

哦，天哪，瞧我都做了些什么呀！

我真的很想收回早晨在信息里发给穆旭的那句话。

穆旭啊穆旭，那只是我的一句气话而已。

因为我真的太在乎你了，我真太爱你了，所以，对于你这么久都没有主动问候我，才表示了不满，才说了那句气话。

对，那句话，那句"感谢你的冷漠！"其实，只不过是我的一句气话而已。

我希望你不要计较，希望你原谅我……

我们还和以前那样相处，好不好？穆旭……穆旭……

在夜晚独自一人待在冷冰冰的房间时，欢欢不但哭出了声，而且在不停地呼唤着穆旭。

4

穆旭的信息是凌晨一点发来的。

"冷吗？那就多穿点！"

欢欢在凌晨三点起夜时看到，被感动到落泪。

欢欢落下的眼泪饱含着感恩。

是呀。一定是要感恩的，感恩穆旭的理解以及大度。他并没有生我的气，他还是喜欢我的！

　　欢欢一边这样想，一边连忙回复信息给穆旭。

　　"我会的，你也是！"

　　也许是一整天内心里的纠结使得欢欢真的累了，回复完穆旭的短信之后没多久，欢欢就微笑着入睡了。

　　她做了梦，梦见了穆旭。自己和穆旭走在大海边，他们牵着手，一起看落日，一起捡贝壳，一起坐下来，吹着海风……

　　欢欢醒来的时候，不禁笑出了声。

<h2 style="text-align:center">5</h2>

　　北方的寒冬已经来临，早晨可以看到室外草地和绿植上所覆盖的一层白霜。

　　走在冷风中，雾霾浓重，但是，欢欢却满心欢喜。

　　经过了那天的煎熬，欢欢似乎更加明白了爱情的真谛。

　　爱情应该带着一颗感恩的心。

　　感恩你们的邂逅，感恩彼此的相伴，即便，彼此远隔千山万水，也是要感恩的，感恩两颗心灵的靠近。

　　同时，爱情更需要理解。

是的，给予彼此更多的理解。唯有这样，爱情才能更加长久。

曾经她的不理解，差点让自己失去这段爱情。

如果自己当时是理解穆旭的，那么就不会突然发"感谢你的冷漠！"那条信息给他了。

要知道，穆旭的工作非常忙碌！他几乎都没有好好睡一觉的时间……而自己，竟然还这样地不理解。

穆旭他并没有冷漠我。他只是太忙而已。

以后的每时每刻，我想，我都要提醒自己，珍惜眼前的幸福，珍惜和穆旭在一起的每一分每一秒，真正地去理解和支持穆旭！

欢欢这样想着的时候，似乎已经看到了穆旭出现在自己眼前，他浑身充满了阳光，他正满面微笑地对自己说："欢欢，嫁给我吧！"

6

这只是欢欢的一种想象，只是欢欢在那一瞬间产生的错觉而已。

一切虽然美好幸福，但是，也只是一种想象而已。

不过，欢欢却是自信的。总有一天，穆旭会当面对自己说："欢欢，嫁给我吧！"

并且，这一天，不会太过遥远。

7

冬日来临,十二月的城市,给人一种混沌和迷茫感。

然而欢欢知道,这种混沌和迷茫,仅仅只是寒冬被雾霾所笼罩的北方城市的特点之一。自己与穆旭的爱情,并不混沌和迷茫。

太阳终于在上午十一点的时候,羞羞答答地露出了脸。

欢欢站在窗前眺望,她的目光穿过高楼,越过了高山流水……一直抵达到穆旭所在的城市。

而彼时,另一座城市的穆旭,则仍旧在埋头工作。他的双手敲击着电脑键盘,于是,一行行美妙生动的文字便生成了。他的心里,此时也洒满了阳光,那些阳光,是远方的欢欢带给他的。他很知足,也很幸福……

有些爱，远远地欣赏就好

苏姗对我说过她的故事。

她喜欢上了她的同事。然而遗憾的是，这个同事是个有家室的男人。他比苏姗大10岁。

当然，问题的关键并不是他们年龄上的差距，而是，那个男同事是有妻子、有孩子的。

苏姗内心很纠结，也很忧伤。

她对我倾诉的那日，正是她内心挣扎苦恼的时候。

我对苏姗说："我可以理解你的感受，但是，我建议你不要打扰他以及他的家庭，就默默地站在远处欣赏他吧！"

苏姗起初并不能够接受我的观点。

她说："可是，我真的很喜欢他！我真的爱上他了，我不会在乎他比我大10岁，也不会在乎他是有家室的男人！"

"你不在乎，我当然能够理解。然而，你有没有想过，如果你做了第三者，就会破坏一个原本幸福美满的家庭。"

我这样对苏姗说的时候，她忽然流下了眼泪。

在我抱着苏姗，并且轻拍她的后背的时候，苏姗又哭着对我说:"可他说过,他已经不爱他的妻子了,他们的之间已经没有感情了……"

"是的,我同意你的这个说法,但是,亲爱的姗姗,请你冷静下来想一想,是不是他们之间的感情没了,我们就有理由去拆散他们的家庭?还有,爱情虽然重要,但是,一个家庭中,除了爱情,还有更加重要的东西存在……"

后来,我又对苏姗讲起了我以前的一个同事的故事。

那个同事就是因为第三者的插足而离异。后来,她一直带着女儿一起生活,再也没有组建过家庭。有一次,她对我说起了心中的苦闷,她说自己的内心其实是有着几许恨意的,那几许恨意,不仅仅来自于那个破坏了她们家庭的第三者,还来自于已经同她离婚的孩子的爸爸……她还说因为离婚导致了她的情绪时常失控,因此,会不自觉地对孩子乱发脾气。每每冷静下来的时候,她都会觉得亏欠孩子太多。

苏姗仍旧难以抑制地哭泣着。

听着她嘤嘤的哭泣声,我心里也十分疼痛。

作为女人,我自然能够理解苏姗此刻的心情。她喜欢那个男同事,并且已经深深地爱上了他。然而,他们却并不能相爱。

爱情有些时候,只能默默地欣赏。

在我又对苏姗这样说的时候,苏姗似乎有了一些领悟。

其实，聪明的人会选择把爱藏在心底，只是远远地去欣赏他（她）。默默看着、祝福着喜欢的那个人，或许就足够了。因为，也许你的打扰，会彻底扰乱了他的生活。他原本宁静美好的生活，也许会从此而凌乱不堪。如果，你喜欢他（她），如果，你很爱他（她），那么，我想你肯定不会希望自己喜欢的那个人，生活凌乱、烦恼不堪吧？

苏姗静静地听着，像极了一只受伤的猫咪。

苏姗静静不语的样子，我知道，她应该是已经听进去了我的这些话。

果真，苏姗后来和我告别的时候，是一脸阳光的。

又过了一段时间，苏姗打来电话，说，姐，我处理好自己的感情了！

她说："这段时间，我给自己放了一个长假，独自一人去旅行了。去我之前一直想要去的几个地方。在那儿，我一直在回想姐姐对我说过的那些话。虽然也会心生疼痛与不舍，但是，姐姐，我真的已经想通了，我真是不该打扰他的生活。虽然我喜欢他，也很爱他，但是，这段感情，还是适合埋在心里。有些爱，不必说出来，只是远远地欣赏，其实更好……"

苏姗的这段情感经历，我一直在担心会不会给她未来的婚姻投下几许无法抹去的阴影。

但后来，我发现自己的担心多余了。

苏姗是在两年后结的婚。

婚后的苏姗十分幸福。

记得后来某次，我悄悄问过她，是否还在心里爱恋着那个男同事？苏姗只轻轻一笑，继而，淡淡地说，那段时光已经过去了，我只会远远地欣赏着他。

苏姗对我说起了她婚后生活的甜蜜和幸福。看着她快乐陶醉的样子，我真心为她点赞！

扎羊角辫的小姑娘

认识她,是通过一篇小说。

那是她写得极精彩的一篇小说。小说中,她将自己塑造为一个扎着羊角辫的小姑娘,出生在贫穷的知识分子家庭,父亲在"文革"中被打成右派,然后不得已,与母亲离婚。

可想而知,那篇小说中的她,在年少时,经历了怎样的艰难和困苦。

有一段分外精彩的文字,是她描写自己的童年。大意是说,那时的她,渴望成为一只飘飞的风筝,飞啊飞,飞向没有疼痛、没有忧伤、没有别离更没有磨难的高空……那段文字,生动感人。

他被她的这篇小说打动,更被小说中那个扎着羊角辫的小姑娘而打动。

那段时间,差不多两年吧,他发觉自己都是神思恍惚的。似乎,总有一种期盼燃烧在心底。

有时候,夜晚做梦,他会梦到那个扎着羊角辫的小姑娘,那个小姑娘,在岁月的蹉跎和时光的荏苒中,早已蜕变成一个十分优雅美丽的女子。

梦醒的时候,他总会在心里想,总有一天,我会认识她的!

这个世界,总有些梦想会成真。

就好像,他藏在心中无数次的那个梦想后来也成真了一样。

在一个会议中,他邂逅了她。

原来在会议中做着精彩发言的那个女子,就是小说中那个扎着羊角辫的小女孩。

她长大了,不再是那篇小说中的那个小女孩了,然而,又好像还是那篇小说中的那个扎着羊角辫的小女孩……

他并没有告诉她,自己喜欢她的那篇小说。

那时,她还并不是个有名气的作家。

然而,这对他而言,又算什么呢?

关注一个人,喜欢一个人,又何必要她一定出名呢?

他厌恶世俗,也远离名利。

他的生活总是平淡的,但充满快乐。

他知足且欢喜。

生活依旧按部就班,日子也依旧不快不慢地走着。

她仍旧像往常那样工作和生活,即便忙碌,即便疲惫,但是,这些年来所养成的写作习惯,仍旧不会有半点改变。她并不知道,她的文字,会在某个人的心里扎根,并且会一直都影响着那个人。

当然,她也是自信的。她常想,自己如此喜欢文字,文字仿佛就是老天赐予她的最好的精灵，它们时常飘飞着，无限曼妙更灵动地跳跃和欢喜着——就在自己的笔下。

于是，每到这时，她也会十分自信地想，总有那么一天，自己的梦想会得以实现。也总有那么一天，自己会有一场又一场的旅行。这些旅行只为抵达心灵深处一直以来的向往。她是如此喜欢旅行的女子，旅行可以带给她更多的对生命的感悟。

他的生活，貌似平静一如往常，然而，却只有他自己知道，其实，自己的生活多少已经有些变化了。

变化，表现在他常常发呆，对着一片天空、几朵游云、一地绿草，甚至于一杯茶、一本书……

当然，也有些时候，他会在工作之时，不自觉地分了神。思想似乎是有些游离地飘飞起来，不肯受制于他的掌控。

于是，正在进行的工作，也时而会停下来。

好吧，停下来就停下来吧，等心绪平静之后，再继续工作也好……他总会在自己无法掌控游离的思绪时，这样地安慰自己。

是呀，那又有什么办法呢？只能如此了。

心中藏着某个人，时常会幻想一些十分美好的场景。

也许，这个红尘中，大多数人都会有这样的经历吧？

他有她的电话，但是却始终都没有拨打过。

不是不想，而是，不能啊！

不止一次，他在即将要拨出那个号码的时候，又理智地放弃了。

喜欢一个人，又何必要去打扰她原本宁静的生活呢？她是否知道我喜欢她，其实也并不那么重要。喜欢一个人，就该设身处地地为她着想，而不是自私地去扰乱她的生活。

许多时候，喜欢一个人，也可以静静地将那份喜欢藏在心底，那样或许更好！在一生都不要告诉她，自己对她的喜欢……而只是，自己默默在心中爱着她……

他常常会在黑夜中，独自这样去想。

而这样想着的时候，他的唇角竟然绽出了宁静的笑容。

时光流走，在不知不觉间，他发觉自己对爱的领悟有所提高。

可不是？

想想曾几何时，自己还是一个十分自私的男子，总是想要对喜欢的女子，完全地占有……但是而今，自己完全改变了。

某些时候，他会在心里细想，究竟是什么原因，使得自己有了如此的改变，变得如此豁达，不再如从前那样狭隘？

后来的某天，他终于知道了原因。

而那个原因，就是她呀！——那个扎着羊角辫的小姑娘。

那天，他再次翻读她的那篇小说，也忽然领悟到了自己正是因为她而变得豁达。

她是那样曼妙的女子，自己又怎能产生非分之想？

哦，不，绝对不可以再对一个如此曼妙的女子有非分之想，虽然，自己非常喜欢她……

爱情，原来也可以以十分虔诚并且谨慎的姿态出现。

我爱你，但是，我不会打扰你。我只是把对你的祝福和深爱，藏在心间。这一世，不会再有第二个人知道我对你的喜欢，包括你……

时光的脚步依然疾行不停。春夏秋冬，季节的交替转换中，流年飞逝，丝毫没有停留的意思。

不变的是，她一直是他的女神，曼妙且高贵。

他只会藏她于心间，然而即便如此，他也已经分外满足了。

爱是泡沫

儿时的我,总是喜欢看母亲洗衣服,喜欢那洗衣盆中浮荡着的肥皂沫。

那时候,调皮的我总要偷偷舀走一些肥皂沫,将它们藏在一个玻璃瓶里。

那些肥皂沫,后来总是被我悄悄地分给小伙伴们。然后,我们再一起将它们吹起,吹起无数的泡泡在灿烂的阳光下斑斓地飘飞、破碎,再飘飞、再破碎……

当时觉得这些肥皂沫真是很有趣,竟然能够变幻出这么多五彩斑斓又大小不一的透明泡泡。

上中学时,早熟的我,悄悄地喜欢上了班里的一个男生——坤。

坤是新转来的。有着一张英俊的面孔,眼睛不算很大,但总是透着深邃和睿智。

每天早上,坤总是第一个来到教室,然后很自觉地去扫地、抹桌子。

坤总是那么的神采奕奕,充满朝气。

那个时候，就是在坤刚刚转来大概一周的时间，我突然发觉，自己似乎已经喜欢上了坤。因为，在上课的时候，我的思绪总是乱飞，特别是看到坐在前排的坤的时候。

并且，我的目光在与坤的目光相遇的刹那，我总会面色潮红，心跳加速……

自己真是喜欢上了坤。

原本，我的学习成绩在班上一直都是名列前茅的。

可是，因为坤，因为暗恋上了坤，自己的学习成绩有了很大的滑坡。

那年夏天，中考的成绩一出来，我的班主任李老师就急匆匆地来到了我家。

那个时候，我还正在屋内睡午觉。

忽然听到了李老师和我父亲的对话。

"小雨这孩子学习一直都很好，可是，这次中考，却考成了这样，重点中学进不去了……她一直都是我的得意门生啊……"

"这孩子退步了，不知道是什么原因，她这一学年总是沉默寡言的，时常会有些神思恍惚……"

那天晚上，我一夜都没有睡着。心里隐藏着难以言说的痛。

只有我自己清楚，没有考进重点中学的原因。

那一夜，眼泪打湿了整个枕巾。

在这汹涌的眼泪中，饱含了太多暗恋的酸甜苦辣。

又有谁会知道，我心里其实也是很渴望考上重点中学的啊！

上重点中学，一直都是我的梦想。

可是，谁又会知道，那个早熟女孩的内心世界呢？

谁又会知道，在她的内心里，隐藏着多少对爱情的渴望，又隐藏着多少暗恋的酸楚……

暗恋一个人是多么痛苦啊，尤其对一个早熟的女孩子来说。

暗恋着坤的我一直希望能够和坤一起考上同一所重点高中，哪怕不在一个班级。

然而，希望已经幻灭。

最终，坤进了重点高中，而我，则进了普通高中。

在刚刚进入普通高中的那段日子里，我的内心仍然充满了难以言表的苦涩……

一方面，对坤的暗恋仍然难以自控。另一方面，自己的学习压力也很大。

那个时候，真的感觉自己就要崩溃了。

整个高一一年，每天夜晚，我都会在深夜里痛苦的煎熬着。

在那些深受煎熬的夜里，我想到了孩童时吹起的肥皂沫……

伤心的泪水再次悄然地滑落。

那些孩童时吹起后又破灭的五彩泡泡，让我联想到了自己所深陷的感情，联想到了对坤的暗恋……

想用一杯 Latte 把你灌醉
好让你能多爱我一点
暗恋的滋味
你不懂这种感觉
早有人陪的你永远不会

看见你和他在我面前
证明我的爱只是愚昧
你不懂我的那些憔悴
是你永远不曾有过的体会
为你付出那种伤心你永远不了解
我又何苦勉强自己爱上你的一切
你又狠狠逼退我的防备
静静关上门来默数我的泪
……

歌手李圣杰的《痴心绝对》，不就是我暗恋坤的情景写实吗？
然而，我于坤的暗恋，最终是以失败而告终。
因为这仅仅只是场暗恋，只是我的一厢情愿。
爱情是什么？
在花一样的年纪，我极度渴望着爱情，有极度恐惧着爱情。
我深深地暗恋着坤。然而，最终，还是没有勇气向他表白。
我心中对于爱情的美好向往，似乎在瞬间崩塌。
一切关于美好爱情的奢望和追逐，也在瞬间幻化成破灭的肥皂沫。
孩童时吹起的五彩泡泡是那样的美丽。
青春期遇见的爱情也是那样的美丽。
只是，所有的美丽，最终都幻化成了破灭的肥皂沫。
那些破灭了的肥皂沫里，荡漾着青春期里我所有的青涩和落寞。
时至今日，回想起那段青春期的暗恋往事，依然会有些许的忧伤和怅惘……
那真的是一场爱情的肥皂沫。
飘散了的是爱情的甜蜜和快乐，剩下的是爱情的疼痛和苦涩。
在我人生的锦瑟年华里，我想，我所向往的爱情，其实就是破灭了的肥皂沫……

然而，即便如此，我仍旧不会有所抱怨，更不会有所懊悔。

因为，人生必定是要经历的。

唯有经历，不断地经历……才能成长。那些经历中，即使写满了酸楚和无奈，但对我们的人生，也是一种难能可贵的收获。

爱走了，心碎了

我，闲丫头，认识他——男子汉，是在一个深夜里。

那天，是我失恋的日子。

我特别憋屈，长这么大，还从来没有哪个男人敢先踹了我……可是，我竟然被一个网名叫做"少爷"的浑小子给踹了。

那天，我心情糟糕透了，我先是一个人躲到街口的酒吧去喝闷酒，一瓶接一瓶地喝，喝光了服务生端来的8大杯啤酒，直到喝得天昏地暗。

我的眼前有点发花，所有的东西都在左摇右晃。这时，好像有个小帅哥走了过来，拉主我的手说："和我走吧，我让你快活……"

"你谁呀？和你走，就你那样子，还是趁早闪远点，别烦我！"

我带着一嘴的酒气，冲他吼。后来，他愣了几秒钟，走掉了。

呵呵。他走掉的那一刻，我感觉自己很爽呢。

被那个浑小子抛弃后的郁闷完全消散了。

当我拖着疲惫的身子回到房间时，那一直在肚子里翻腾的啤酒残渣被我喷吐了出来，弄脏了屋子里我最爱的粉色沙发。

我没有立即打扫自己吐到沙发上的污物。我是谁啊，干吗要自己打扫这些脏兮兮的东西呢，天亮了让酒店的清洁工去打扫吧……

我大笑了几声，打开了笔记本，登陆了自己的QQ，然后，我就认识了你。

你——男子汉，是怎么从聊天室里闯入我的视线的，我真的不太记得了。

首先，你很有礼貌的和我打了声招呼，还献了朵最鲜艳的玫瑰给我。

我好像有点小小的感动。

我看了下你的网名，"男子汉"。

这个名字，我挺喜欢。

可能是我刚刚失恋吧？也可能是我期望有另外一个男人来填补我空虚和颓废的生活吧？总之，你的突然出现，并没有让我特别的反感，相反的是让我有点开心呢，虽然我当时因为喝入了大量的啤酒身体有些不舒服。

你和我在网上认识的其他男人都不一样。你一直让我去睡觉，说已经很晚了。

我说，我不想睡觉，只想一个人发疯。

你发了几个可爱的笑脸给我，就是这几个可爱的笑脸，让我感觉到了从未有过的温暖和亲切。

我还是不愿意去睡觉，继续和你瞎扯了很多。

你说，你不去睡觉，那么我也不去睡觉，除非你去睡觉了，我才肯下线。

我感觉你有些特别，因为，别的男人和我聊天，上来就甜言蜜语，聊一些露骨的话题，而你却不同，只是说些礼貌、幽默的话，还让我去睡觉，这些，都让我在冰冷的夜里感到了一丝丝温暖。

大概是从那夜开始，我就悄悄地爱上了你。

我很疯狂地爱上了你，真的。

第二天，我就有了想要见你的想法。

于是，在我们第二次网聊的时候，我就要了你的手机号码，也很放心地把自己的手机号码留给了你。

之后，我给你的手机发信息，说要见你。

我想，也许，你会拒绝得很干脆。

可是，没想到，你却很痛快地答应了。

于是，在一个周末的傍晚，我出现在了市中心的街心花园前。

我穿着一件粉色的裙子，裙裾隐隐约约地层叠着，在初夏的晚风中，开成了一朵耀眼又娇羞的花。

你来了。手里还捧了大捧的玉兰花。

我一眼就喜欢上了你，在看到你的时候。

你看起来极其的斯文，白色眼镜片后透出的是你眼中的单纯和善良。

看到时尚又不失优雅的我，你不好意思地笑了，那笑中藏着浅浅淡淡的喜欢。

后来，我们就成了男女朋友，经常一起散步、郊游，一起度过寂寞无聊的周末。

我们单独在一起相处的时间很甜蜜，弥漫着温馨和浪漫。

常常，我会在漆黑的夜里，想念你，想念你的味道，还有你的笑容。

你从未问及过我什么，包括我以前的情感经历。而我，也不想问及你什么，我不在乎你以前的情感怎么样。反正，我喜欢你，你也喜欢我，这就足够了。

每天，我都会在睁开双眼的时候看到你的问候信息，你的短信问候从来不会重样。并且，都是你亲自编写的，字字都饱含了你对我的真情。

我喜欢睡懒觉。你担心我会上班迟到，因此会在每天清晨的7：30，拨打我的电话，叫醒贪睡的我。

每天下班，只要没有特别的事情，你都会准时出现在我们公司的楼下，手里总是拿着一份包装精美的小礼品。

我喜欢那些包装精美的小礼品，因为，它们都是你带给我的一份份惊喜。

你天天准时地出现，让我的同事们都很羡慕我，总会在我面前说些酸酸的话。但那些话,我听了,心里却有甜甜的味道,那味道,胜过了蜜糖。

市里最大最豪华的影院上映《画皮》,你买好了票,约我一起看。

电影放映到一半的时候,我突然很想流眼泪,忍了半天,都没忍住。当眼泪正在眼眶中打转的时候,细心的你发现了,悄悄地递给我一张纸巾。这时候,我听见坐在我们身后的女孩说:"瞧瞧人家,多疼媳妇!"

我的脸刷的就红了,你也有点不好意思,其实,我心里一阵狂喜。之后,我趁机依在了你的肩头。

电影散场的时候,你一路环着我的腰,说要送我回家。

我没有拒绝。不知道为什么,好像自己也很渴望你送我回家。

到了我的住处后,我让你先坐会儿,但是,你却突然抱紧了我,我没有挣扎,因为我早就渴望着这一天了。

我闭上了眼睛,陶醉在你的香吻中。

后来,你的一只手,悄悄地在我的身上游走,从我的锁骨直到小腹……

再后来,我被你轻轻地抱上了床……我们终于有了身体的真正接触,那接触,有些疯狂,也有些欣喜。

秋天。秋天是什么时候到来的,我几乎全然不知。因为,我陶醉在你温情的怀抱中,不能自拔。

虽然，我们像新婚夫妻那样，天天都在一起，每天都会拥抱、接吻。但是，亲爱的，我还是爱你爱不够。

枯叶飘零的时候，这座城市显然萧瑟了许多。而我们轰轰烈烈的爱情，竟然，结束在了这个秋天。

先是，你连续几天都没有出现。

打电话，你不接，我猜想，大概是你把我拉入了你手机的黑名单中。再然后，你消失得无影也无踪……

男子汉，你可知道，你的消失，对我来说，真的是无尽的折磨。

我茶不思饭不想地等你，傻傻地等你，直到一周后的一个傍晚，我才终于看到了你闪亮的 QQ 头像——那个可爱的小熊头像。

但是，无论我问你多少遍为什么，你却始终沉默着。

后来，你流泪了，发过来一些哭泣的 QQ 表情。大概，只有这些哭泣的表情，才能代表你那一刻感伤的心吧？

你依旧沉默着。我说："我会吸烟了，最近一直在狂吸烟狂喝酒……"

你沉默。

"我想你，真的好想你……"我说。

但是，你依然沉默。

"过来看我吧，我需要你！是我惹你生气了吗？我以后再也不会了……"我小心翼翼地说。

你仍旧在沉默。

我心里有些怒了,真的。

说实话,我长这么大,没对哪个男人如此低声下气过呢?

正因为我喜欢上了你,爱上了你,我才会放弃自己的尊严,甘愿为你低头,甘愿对你一遍又一遍地,几乎是哀求地说:"过来看我吧,我需要你……"

可是,你硬了心肠,很久都不肯搭理我。

我的爱,难道真的就这么卑微吗?

在你一再沉默的时候,我这样问自己,随后,我又喝下了一瓶啤酒,吸完了半包烟。

也许吧!也我这个从来没有对几个男人用过真情的闲丫头真的是傻了,傻到骨子里去了,不然,又怎会对你这般的依恋与不舍。

一瓶啤酒下肚后,半包香烟消灭后,我终于再也不想忍受你的沉默,我走到了卫生间的镜子前,对着镜子中的自己骂道:"傻子!现在,你终于知道男人是什么东西了吧!以后,再也不要招惹任何男人了,男人,就是垃圾,全世界的男人都是垃圾……"

骂了自己,我还感觉不过瘾,于是,我又随手拿起了自己最喜欢的香奈儿5号,砸破了面前的镜子。

后来,也不知道过了多久,我又回到了笔记本前。

可是,我却看到了你的留言。

"丫头。我最爱的闲丫头,原谅我的混账,我爱你!真的爱你!可是,我又不得不离开你,她(我老婆)回来了。她从美国回来了,我们已经结婚3年了,她很爱我,我真的不能伤害她。无论你心里多么的恨我,我还是要说,我最爱的人永远是你,我的闲丫头……"

混蛋!男子汉,你是混蛋!

一个杯子摔过去,我砸坏了自己最新购置的笔记本电脑。

爱走了,心碎了……

从此,我孤身一人,流浪在天涯或者海角!

最好的投资

生活中,有一些女子会认为,自己这一生最好的投资,便是找一个好男人。

其实,这样的观点,并不正确,也不稳妥。

小丽大一时,认识了市内的一个老板。这个老板拥有一定的财富,但是,有着自己的家庭。然而,小丽却仍旧情愿与他纠葛。

小丽那时认为,我一个女孩子,将来又能有多大的发展呢?不如,趁着自己还年轻,跟定一个比较有钱的男人。

那时候,小丽同寝室的女生中,也有羡慕她的,认为小丽这辈子找对了人。

小丽那时也分外地得意。特别是,每每她拎着那个老板送给她的高档时装和化妆品回到寝室时。还有,每逢周末,小丽春风得意地上了那辆老板停在学校门口的宝马车时……

那些时候,小丽可以明显感觉到她周围的空气里,到处飘散着羡慕、嫉妒的味道。

是呀,那时候的小丽,可真是福气加贵气呀!

小丽也曾不止一次地听到羡慕她的女生这样说。

小丽得意着，似一朵开在春风里的，分外妖娆美丽的花儿。

小丽也因此，放松了学习。她的大学四年，几乎都在和那个老板缠绵。

小丽总以为，等到大学毕业后，她就可以嫁给老板，一切就都有了。自己以自己青春美丽的身体，作为一种投资，真是太值得了。

然而，令小丽所没有料到的却是，她还未毕业，那个老板便像丢弃一块破旧抹布一样地抛弃了她。

那个夜晚，当小丽哭着回到寝室时，同寝室的女生都傻了眼。当然，也有个别女生是早就料到小丽会有今天的。

近乎两个月，小丽都精神恍惚，茶饭不思，人也憔悴了不少。再照镜子时，小丽狠狠地摔碎了那面镜子。

虽然同寝室的女生都在安慰劝导小丽，但是，怎奈小丽已经悲痛欲绝的心呀，早已碎成了几瓣。任凭她们再怎么安慰劝导，也是不能够复原了。

那个老板，是在还未抛弃小丽前，就已经有了新欢。

而小丽，只不过是明日黄花，不抛弃，留着干吗？

对那个既有钱又有势的老板来说，小丽这样的女子，只是他的玩偶罢了。他绝对不可能付出真感情的，他随时可以丢弃她们。如果遇上被丢弃的女子，十分难缠，那么，就撒给她几个钱，也就

OK了。

大学毕业后的小丽，找工作时处处碰壁，很多次，她含着眼泪，无助地徘徊在都市繁华的街头。

有一次，小丽再次徘徊在街头的时候，听到了一个熟悉的声音在喊她的名字。

转身的时候，她看到了大学的室友琼花。此时的琼花，一如阳光下的花朵，美好且自信。她拉着小丽去了星巴克，然后，又告诉小丽，自己现在供职于一家中外合资的企业，年薪超过了她所预想的数字……

小丽默默地听着，不由就落下泪来。她知道，很多同学找工作都比自己顺利，她也明白，之所以自己找工作四处碰壁，全都是大学四年，自己浪费了时间去学习，当时自己被那些错误的想法、虚荣心、攀比心以及对物欲的过分贪婪迷住了……使得自己沉溺于那个老板的怀抱……大学四年是多么美好珍贵的学习时光啊，然而，就这样，被自己给白白浪费了。

当小丽在后来的生活中，一如蝼蚁般，忙碌卑微地挣扎时，她时不时会想起自己的曾经。——那些被她白白浪费了的四年大学时光，以及自己那时错误认为的"最好投资"……

小丽每每想到这些，都会禁不住泪流满面。

世间的女子呀，切莫再如小丽这样傻。

也请你们记得——最好的投资，是投资在自己身上。

只有这样，才能闪亮出璀璨的光芒，才能真正成就你自己。

错爱

月明星稀的那个夜晚,同事琳,向我道出了藏在自己心中很久的那段故事。

在琳的故事中,男主角是位很帅气的小伙子——琛。

一次很偶然的机会,造就了琳和琛的爱情。

其实,这段爱情,在一开始就是一个美丽的错误。

所有的爱情缺憾都会令人伤心欲绝。琳和琛的爱情,也没能够逃脱这样的结局。

冲动,是年轻人所特有的通病,琳和琛也不例外。

琳,在与琛的第一次对视中,就感觉到了琛对自己那非同寻常的喜欢。

琳,这个清秀靓丽,青春时尚的窈窕女子,曾是很多男人梦想娶回家中做老婆的优秀女人。

虽然,已经结婚3年了,可琳依然清新可人,气韵不凡。

熟知男人心思的琳,一眼就看穿了藏在琛心底里的爱情之火,那火,在他们四目相对的那一瞬间,就已经在琛的心中点燃了。

倘若,琳和琛都是单身,那么,这个故事,就不会如此地耐人寻味了。

这世间的很多事情,都不会那么如人愿的。

琳和自己老公的感情还算融洽。两人自结婚起,就不曾红过脸,总是相敬如宾。这样的婚姻,在没有遇到琛以前,琳还是很满意的。

然而,或许是天意吧。就在那个暖洋洋的下午,就在市中心的图书馆里,命运安排了琳和琛的相遇,这样的相遇,在他们彼此的内心都掀起了波澜。

当时,琳在挑选一本爱情书,不巧,碰掉了摆放在旁边的另一本爱情书。当琳低头去捡拾书的时候,身边的琛却已经将这本掉到地上的书拾了起来……

琳当时用满是羞涩和矜持的微笑对琛说对不起的。而巧合的是,琳的这种羞涩,这种矜持,这种微笑……都是年轻帅气的琛,一直以来在梦中幻想的。再加之,琳的脱俗的气质。于是就有了这场错误的爱情。

琳和琛的目光,在仅仅几秒的尴尬后,演变成了一种对对方的欣赏和欢愉,随后,这种欣赏和欢愉又很快升华成了一种很奇妙的感觉。这种感觉,如清风一缕,撩起了他们对爱情的渴望。这种奇特的感觉,似曾相识,像是久违了的初恋的感觉。

仅仅几秒的目光交流,就点燃了他们心底里的爱情火花,于是，那天，他们互相留下了对方的电话号码。

那次的相遇，让琳平静的内心掀起了巨大的波澜。或许，是自己的婚姻生活过于平淡了；或许，是自己的老公并不是自己所期望的那个男人……琳的心里，从那次相遇后，就总是涌动着诸如此类的想法。

几天后，琳终于接到了琛的第一个电话。

这个电话，琳渴望了很久。

放下电话，琳的心更不能平静了，琛磁性的男中音，年轻帅气的面庞，总是浮现在她的眼前。

之后的那个夜晚，琳拒绝了老公的要求。说不清为什么，从那个夜晚起，她竟然开始厌倦起自己的老公。也是从那个夜晚起，她开始找各种理由，一次又一次地拒绝自己的老公。

每个夜晚，琳都在朦胧的幻想中迷失自己。

她的眼前，总会出现琛的影子，时而清晰，时而模糊。但，无论是清晰的还是模糊的，琳都能够非常深刻地感受到琛的微笑，琛的深情。

自己爱上琛了，而琛呢？一定也爱上自己了。这么想着的时候，琳的面颊就变得绯红起来。

每个夜晚，琳都在心里自责着，幸福着，也矛盾着。

琳的自责，源于自己对老公的不理不睬。

琳的幸福，源于自己对琛的爱慕思念。

琳的矛盾，源于自己对老公和琛，这两个男人之间，不知该如何选择。

每个夜晚，琳，都是这样承受着煎熬。

这样的日子，在持续了两个月之后，终于，有天，琳鼓足了勇气，拨通了琛的电话。

在酒吧摇曳不定的灯光中，琳和琛一起喝着香醇的红酒，几杯酒穿肠过肚之后，琳和琛相互搀扶着，摇摇晃晃地叫了辆 Taxi……

那个醉酒的夜晚，琳没有回到那个属于她的家；那个醉酒的夜晚，琳忘记了仍旧爱着自己的老公；那个醉酒的夜晚，琳抛弃了自己的老公；那个醉酒的夜晚，琳和琛相互搀扶着走进了琛的家，两人相互欢笑着倒在了琛的床上，一起享受了人生中少有的浪漫和激情……

琳和琛后来的爱情故事，享受了短暂的浪漫，漾满了激情和甜蜜。一如琳曾经渴望的那样。

直到大约一年之后的某天，琳和琛梦幻般的爱情故事，才在琳的老公提出离婚的时候，戛然而止。

琳真的没有想到，自己的老公会主动提出离婚。

琳以为自己的老公是永远不会提出和她离婚的，即使，她和琛的爱情有一天被曝光。

然而，琳却错了，这回，琳是真的错了。

琳的老公终于忍受不了琳和琛的所作所为，向琳提出了离婚。但，他提出离婚的那一刻，手是颤抖的，心更是疼痛的。

这就是，琳向我道出的，一直藏在她心里的那段爱情故事。

我的心也在颤抖着。我不希望琳和她的老公离婚。要知道，组建一个家庭是多么的不易。

QQ上，我用几朵美丽的玫瑰、几个温情绵绵的拥抱，几张真诚温暖的笑脸，慰藉着伤心欲绝、懊悔不已的琳。

"有些事，不可以再继续……"在那个夜晚，我在快下线的时候，对同事琳说出了这样一句话。

人生的道路还很漫长，我希望琳能够在时光的漫漫长河中忘记琛，重新开始自己的婚姻生活。我希望，琳和自己的老公会白头偕老，相伴终生。

带着这样的祝福，我下线了。

不料，几天后，我收到了琳发来的电子邮件。她在邮件中这样说：

亲爱的Rose：

你好！

当你看到这封信的时候，我已经在另一个城市了。

请不要忘记我们的友谊，我会永远感激你，也不要找寻我，因为，我想让自己的人生重新来过。

我忘不掉那段和琛一起走过的美好时光。虽然，它很短暂，但是，却是那么的美丽。

我不能原谅自己，虽然，老公已经决定不和我离婚，虽然，老公不再埋怨什么……但是，我要怎样才能原谅自己呢？我欠老公的太多，我的心始终在懊悔的煎熬，如果，继续和他一起生活……

选择离开，是我对自己的一种惩罚，我想让一切都重新来过，我想让自己变得勇敢起来，我不想再和琛一起沉浮，但，我始终会记得琛的。

我走了，Rose。

为我祝福吧。

你永远的朋友琳

2017 年 3 月 21 日

输了你,赢了世界又如何?

"一个人,一座城。"

这是一个朋友的 QQ 签名。每每看到心里就会涌动酸楚,是什么时候换成了这样的签名,让人看了心里很苦楚。

是一个孤独的飘零者,走了许多城市,足迹踏遍许多地方,却仍然一个人。

心里有孤寂还有感伤,忧郁,好像早已笼罩了整个人生。

年轻的生命少了彩色,变得不再绚烂,只剩单调的灰暗。

在夜的孤灯下,身影被拉长,消瘦了,憔悴了。

文字里总有或淡或浓的忧郁。也许是个天生忧郁的人吧,喜欢忧郁的气氛,或者并不是因为喜欢,而是生活将自己改变,从此喜欢漂泊,喜欢沉默,喜欢忧伤。

一个人,一座城,满是可怕的寂寞。

一转身,一世心疼……也许留在这座城市的只有永远的哀伤。

或许是心中的美梦已经破碎,或许是美好的愿望难以实现,或许只是暂时的悲观,但是心情是否可以渐渐地明朗……

喜欢看到他人的笑脸。最好是美丽得一如花儿一样的笑脸。

那些郁闷，那些彷徨，一个孤单的飘零者，又怎能逃过？

纵使生活在这座城市，有着好友，有着亲人，也有着看似美好的一切，也难免会有悲伤的时刻，心中是无尽的落寞，眼里是可怕的空洞。或许，所有看似快乐的人都曾有过绝望，这绝望或长或短，那么可怕。在它袭击你的时候，你会不想挣扎，会甘愿让生命止步。

看到别人的欢笑，内心是绝望。

其实，没人惹你，没人怨你。有些时候，你只是自己在和自己过不去。看到自己的不是，心里不肯原谅罢了。

钻了牛角尖，心里自然是万分痛苦。

一个人找个地方，蜗居或者堕落。

自己给自己松绑，把那些沉在肚里的不愉快统统抛掉，要让自己重新站立。

一个人，一座城，再起身张望，已不是满心的彷徨。

一转身，一世心疼……虽然留在这座城市会有哀伤，但仍然会坚强。

笑吧，快乐吧，自己不再忧伤。

华灯初上，这座城市里闪烁的霓虹啊，就是你最美的华裳。

某次晚饭后，看到了一个熟悉的名字，给我的博客里留言。

哦，是他。

一个孤单的飘零者，从一座城市到另一座城市，他一再地让自己飘零，仿若这城市街角里散落的落叶一般，那样的落寞和无助。

认识他，纯属无聊。

那个时候，刚刚接触网络不久的我，很好奇网聊。

一个傍晚，孤单笼罩着我，透不过气来的我，无聊的挂在网上，期待着能够有一个善聊的人，同自己说说话。

不久，我就听见了 QQ 的响声。

看看资料，哦，一个大一的学生。

那么，就聊聊吧，反正也是和郁闷做伴呢。

他说他读大一，刚刚来到西安，家是安徽的。

不到一会儿，我们便熟络了起来。他说起了他来西安读大学的种种不开心，还有来自家人的压力等等。

不知道该怎样安慰这个小男生，只是希望他开心一些，快乐一些。

当他下线的时候，我看到了他发来的笑脸，不过，我猜他的心里依然还是忧郁的。

这之后，大约过了一年，他在网上留下了自己的联系方式，说道："姐姐是个好人，祝福姐姐。"

我便也礼貌地给了他自己的联系方式。

再半年后,他忽然打来电话,说自己已经一边读书一边工作了,在一家策划公司。

我在心里为他高兴。

之后,很久都没有他的消息,他是否还在这座城市?是否还忧郁着?我一概不知晓。

我依旧忙碌着,从这座城市的中心到这座城市的最南端,所有的一切,都按部就班着。

记不得是在什么时候了,他突然在网上给我留言,说他去了上海。再后来,他更换了手机号码,但是仍然会在每个节日的前夕,用心地编辑一条或几条祝福短信发送给我。

上海、深圳、苏州、合肥、云南、拉萨再到现在的北京,这些不固定的地点似乎一直是他零碎的生活,或者说是他的记忆。

有时候,他会写点文字,放在 QQ 空间里。偶尔,我会过去看一看,每每看过,都心酸到想要流泪。

这是他这个年纪所写的文字?

全部弥散着抑郁和感伤。

为何你这般的感伤?

不停地问他。终于,在某一天,他在电话里和我说,他很苦,活得很苦,心中的苦闷无人理解,无人知晓。

原来，高一时候，他喜欢一个女孩子，那个女孩子，也和他一样，深深地喜欢着他。临近高考的时候，他们一起约定了要报考同一所院校，然后，毕业后一起牵手，走向美好的人生。

可是，她却在高考前夕昏倒了，就昏倒在他们的教室里。

那个下午，天空泛着红色的光，分外耀眼，也分外残忍。

他一直守护在她的病床前。看着她的脸色愈来愈惨白，他的心，揪作一团。

当大夫叫住他，并严肃地告诉他，她患的是先天性心脏病时，他差点也晕倒。

他守在她的床前，并用心地为她祈祷，希望她能够健康起来。但，这只是一种奢望。

她，并没有像他所期望的那样，健康起来。

为了让她尽快恢复，他在她的面前，总是面带微笑。她不知道的是，在转身走出病房后，他的泪水汩汩流落。

他喜欢她，是一生一世的。

所以，无论她怎样逼迫着自己离开，他都依然微笑着面对。

他，从来不会对她大声说话，即使有时候她发作起来，摔碎了他精心为她煲好的营养汤……

在他的心里，她就是自己的全部。即使她被病魔无情地纠缠，他依然会无怨无悔地爱她，永远地守护她，呵护她，永远不离弃。

但后来，她还是用了最残忍的办法驱使他离开自己，去寻找自己更好的人生。

他怎么也不肯。

她说："你要不去寻找属于你自己的美好人生，我真死在你的面前。"

他俩都泪流满面。

点头答应后，他便开始了孤独的漂泊。

这些年，苦闷一直伴随着他，从一座城市再到另一座城市。

他新开的博客里，我发现了他的照片，还有他仅有的三篇博文。

那些文字，有着岁月伤感的痕迹，字字都饱含真情，还有浅浅淡淡的忧伤，很细腻很温情地藏匿在文字中。

某些思念、某些记忆、某些彷徨、某些挣扎以及某些忧伤的渴望，都隐匿在他如女子般深沉又温情的文字里，看得我心里涌动起莫名的感伤。

在我的博客留言板上，他说："姐姐，远方的你还好吗……"

我的双眼不知何时模糊了起来。

这个署名"雪千寻"的博客，记录了一个孤单的飘零者，从一座城市到另一座城市，他不断地让自己飘零，仿若这个城市街角里散落的落叶一般，那么落寞，那么无助。

我在他的博客里写下了祝福的话语，希望他能够快乐，更希望他能够坚强地面对生活。

散了场的爱情

一直不能忘记那个夏天。

哦,是盛夏。空气中还有黏稠的花香,道路的两旁,有浅紫的木槿,它们十分寂寥也惆怅地绽放着。

而那一刻,你可知道,这些寂寥、惆怅的木槿呀,它们大概也是有着和你一样的心境吧?

说好的爱情,哪里去了?哪里去了呀?

那个时候的你,也彷徨着、怅惘着。

你一个人独自地走着,漫无目的。

虽然,眼前有上好的景致。夏天的景致,浓郁热烈,甚至,连黄昏的晚霞,也像是披了绚烂的衣裙。它们,似乎是在为你起舞。

但是,你却无暇顾及。你不肯将它们纳入你的视野,不肯去欣赏它们。

不知道,走了多久,更不知道,走了多少漫长的路。

在你停住脚步时,发现了脚下有一朵花儿。

那刻,它是灵秀的、嫣然的。像一个对你微笑讨好你的女子,只为消除你心头的忧伤。

夏日黄昏的阳光，忽然变得刺眼起来。那晚霞的余热直刺得你眼疼，然后，便是无法抑制的眼泪，如泉水般流淌而出。

不久之后的某天，你竟然像变了个人似的。

你变了，真的变了。

你变得不再相信爱情了。

"爱情是什么玩意儿呀？"

某天，有个喜欢你的人，对你告白的时候，你十分冷冽地说道。

他吃惊，分外地吃惊。

为何小小年纪的你，对爱情竟然如此绝望了？

然而，就是要绝望呀。没有更多的理由，能够再让你相信爱情，沉溺于爱情了。

从什么时候开始，你不相信爱情了？

眼前的他，当然是不会知道的了。

那是很久以前的一个夏天，你们的爱情，在那个夏天丢失了。

你不能忘记那个夏，不能啊！

多年以后，你仍旧会想起那年的那个夏天，但是你的心境，却已经有了改变。

其实，生命中的许多事情，曾经与我们有过情感交集的某个人，我们并不是忘不了的。

那些事儿，那些人儿，其实都是可以渐渐淡出我们的视野，渐渐地在我们的记忆中变得模糊直到彻底忘记。

也许有过欢喜和快乐,也有过忧伤和怅惘,但是,时间会让我们渐渐忘记那些忧伤和怅惘,甚至是悲怆和疼痛,只留下几许感激在心间。

因为,那段经历,那个人,那些事情,都是我们生命中的一段段经历。或许当时我们欢喜甜蜜过,忧伤怅惘过,甚至,后来我们也曾心生幽怨过。但是,许多年过后,我们只留下感激在心间。

我们感激生命,更感激那些事、那个人所给予我们的那些经历。

也正是因了这些经历,我们的人生才得以丰富。

每个人的丰盈,每个人的成熟,或许都离不开所要经历的那些事儿,以及那些经历中出现的人。

所以,何必要去怨恨呢?

随着年岁的渐长,想必,那些曾经汹涌在心底的伤痛、幽怨也都会慢慢地消散不见。

而那时候,我们才真正成长。

这也让我想起了闺蜜栀子的故事。

栀子早年和团结相恋。团结是个流浪歌手,栀子为了和团结相恋早早地放弃了学业。甚至,还不顾家人的反对,决意要一生追随团结。团结当时心里很感动,栀子是如此的青春美丽,深情款款!看似美好的恋情就这样继续着,谁都以为他们会永远地相爱相守下去，直至地老天荒。然而，几年之后，团结却离开了栀子。团结离开栀子的时候，已经在省内小有名气，他说，栀子配不上他了，他要寻找更好的、更漂亮的女友……

这个故事的后来，自然是栀子伤心欲绝、痛哭流涕，甚至心生怨恨。

栀子因为团结与家人断了联系。在团结离开她后，栀子没有回家，她只是流着眼泪对自己说，我一定要努力地好好活着，活给自己看，也活给团结看。

十年后，栀子已是几家茶楼的老板娘了。

栀子在十年后，似乎有了另一种美。她看起来优雅、高贵、大气。

我们一起喝茶的时候，她谈笑风生，神采奕奕，仿佛早年团结弃她之后的所有伤痛和怨恨都消失不见了。

也是后来，偶然的一次机会，她提及她和团结的爱恋。栀子说："我得感谢团结，因为他，才有了我的那段经历，也因为他，才有了今日的我！"

栀子说这番话的时候，我看到了她面庞上的微笑。

是的。栀子在微笑。她已经不再怨恨团结了。

她还说，她会为团结祝福，希望团结一切都好！

作为栀子的闺蜜，我终于放下了那颗悬着的心。栀子不仅更加漂亮了，而且还活出了快乐、自信和从容，还有高贵和优雅！而我又怎能不为她高兴呢？

栀子的情感经历，让我想到了很多关于爱情的真谛。

在爱情中，不要怨恨那个转身离去的人，也不要自暴自弃。不妨把那段经历当成一笔财富，从容的笑对人生。当我们将爱情的伤痛，转化为一种力量之后，也许，我们的世界会更加精彩。

后记

在爱中长大

或许你的记忆,偶尔会停下来,停在某些难忘的时光里。

在温暖的春日时节,草长莺飞,花红柳绿。

你年少的爱情啊,也开始从萌芽,一点点地萌发,慢慢地生长。

在柳荫的路旁,是你们年少的身影。

那时候,你们并不懂得怎么去爱彼此,总是想要自私地占有。束缚着彼此,不给他(她)自由。

在最初的阶段,你们彼此相安无事,他会听任你的摆布。然而,就在不久之后,一切都变了。

他突然地张狂起来。原先温柔的脾气呀,忽然就不见了。

只因极小的事儿,便会暴跳如雷。

当然,你不能退让了。

那么,唯有彼此争吵,甚至,大打出手。

顾不得许多了。比如,女子的温顺、乖巧……就是要和他争,和他吵。

后记

也许，你会抓破他的臂膀。而他，也会扯下几缕你的发丝。
彼此也许还会哭泣，心疼得揪了起来。
但是，很快，你们便会拥抱在一起，彼此说着道歉的话。
那时候你们会发誓，以后，都要好好的，不能再争吵了。
约定的好，恐怕只有极为短暂的时间。
要不了多久，你们彼此又闹腾起来。
吵得最严重时，你会一个人跑掉。不理睬他，尽管他在身后追你，喊你。
你仍旧是跑，发了疯般的跑。
你很快就消失在城市茫茫的人海中。也许你挤上了某辆远去的列车。
最后，你们，没有在一起了。
你们的情缘就此打住。因为你的任性，因为他的暴烈……
多年之后的某一天，或许，你们还会遇见。
在一个街角，在公园，在超市，也可能是在友人的聚会中。
而这时的你们，俨然成熟稳重了许多。
彼此会礼貌地问候对方，或许还会聊到往日的旧时光。
而此时，你们会觉得十分抱歉，面颊也会泛起微微的红云。
那些逝去了的、美好的、疼痛的、忧伤的时光啊，会重新再倒流回来吗？

倘若，时光真的会重新地倒流回来，那么，相信你们一定会分外地珍惜！

年轻的时候，我们总是毫无顾忌地践踏对方的尊严，丝毫不肯给他（她）留面子。总是因为一件很微小的事儿，争个面红耳赤。

彼此的不肯退让和迁就，让许多可能会圆满的爱情散了。

那时候，也会以为，离开了你，我会过得更好。天涯何处无芳草，哪里，觅不到更好的心上人呢？

但是，你一路的寻觅，都可能不会再遇到比他更好的人了。

最后的最后，你还能跟自己说抱歉了。

当爱情还在成长期的时候，请认真对待，也请互相包容和理解。

人生一世，每个人都要经历一些情感伤痛的。

渴望、憧憬爱情，在爱中疯狂，因爱受伤。终于，后来的某天，我们在爱中长大……

何红雨

西安

2017年4月1日